아홉 단어

아홉 단어

펴 낸 날 2024년 4월 23일 초판 1쇄

지 은 이 홍성미, 류수진, 이경아, 김혜원
펴 낸 이 박지민
책임편집 김정웅
편 집 윤주서, 민영신, 이경미
책임미술 롬디
마 케 팅 박종천, 박지환

펴 낸 곳 모모북스
서울특별시 동대문구 왕산로81, 203-1호(두산베어스 타워)
전화 010-5297-8303 팩스 02-6013-8303
등록번호 2019년 03월 21일 제2019-000010호
e-mail pj1419@naver.com

ISBN 979-11-90408-54-7 (03810)

아홉 단어

앞뒤 다른 그녀들이 들려주는 이끄는 삶에 관한 아홉 가지 이야기

홍성미 · 류수진 · 이경아 · 김혜원 지음

모모북스

홍성미

ENFJ

하지만 일할 땐 ENSFTPJ가되는 사람.

어색한 사람과 근사한 한 끼보다,

편한 사람과 푸드트럭 떡볶이 한 입이 좋은 사람.

부탁 거절하는 방법 40년째 찾고 있는 사람.

아무리 피곤해도 일단 집청소는 해야 직성이 풀리는 사람.

야무져 보이지만 빈틈 장난 아닌 사람.

여기저기 퍼주고 다니느라 돈 못 모으는 사람.

모르는 사람한테 사인해 보고 싶어서 책 쓴 사람.

예쁘게 늙기보다 좋은 사람으로 늙고 싶은 사람.

그리고 알고 보면 나름 괜찮은 사람.

@eden_rowa_ceo

류수진

ESTJ

아닌 척하고 싶어도 너무 티 나는 파워 TJ인 사람.

아메리카노보다 카라멜마끼아또를 좋아하는 사람.

뜬구름 잡는 거 안 좋아하고,

팩폭에 거리낌 없는 사람.

한번 선택하면 끝을 봐야 하는 사람.

돈 낭비, 시간 낭비 절대 안 하는 사람.

비밀 얘기 통하는 3명만 있으면 되는 사람.

비 오는 날 드라이브 좋아하는 사람.

내 사람에게는 간, 쓸개 다 빼줄 만큼 의리 하나는 끝장나는 사람.

의외로 정 많고 따뜻한 사람.

@ryu_s.j_

이경아

선택적 ISFP/INFP

밥도 커피도 느리게 먹는 사람.

에너지 충전할 때엔 로맨틱한 분위기를 선호하는 사람.

책상 앞에서도 코 박고 딥- 슬립 할 수 있는 사람.

언제든 다정다감할 준비가 되어 있는 사람.

해맑은 막내 노릇이 편하지만 프로페셔널 해 보이고 싶은 사람.

함부로 사적인 질문을 하지 않는 사람.

겉돌지 않겠다는 목표를 세우고 사람들과 교류하는 사람.

그래서 외향적이라고 오해 받는 사람.

무엇보다 지금에 만족하며 즐겁게 사는 사람.

@lka_hi

김혜원

ESFJ

F와 T가 5 : 5라 이성과 감성이 반반인 사람.

제대로 즐기고 빠르게 쉬는 걸 좋아하는 사람.

대충 하는 걸 어려워하는 사람.

하는 일이 456789가지인 사람.

꾸며 말해도 표정이 거짓말 못 하는 사람.

치밀하지만 빈틈 많은 사람.

읽씹 안읽씹 못 참는 사람.

진심으로 살기 위해 진지하게 사는 사람.

그리고 눈물 많은 천생 여자인 사람.

@hyewon_star_

홍 작가

프롤로그

유명해지고 싶다는 생각이 든 적이 있습니다

바로 논문을 작성할 때였는데요. 하고 싶은 말이 분명 있는데도 불구하고, 저는 검증된 사람이 아니기에 선행한 누군가의 말을 인용해야 했습니다. 그래서 제가 하고 싶은 말과 비슷한 글이 쓰여있는 논문을 찾고 찾아 읽고 또 읽었습니다. 프린트도 하고, 밑줄도 긋고, 출처를 밝히기 위해 논문 저자의 이름까지 달달 외웠습니다. 그때 문득 그런 생각이 들더라고요.

'내 글도 누군가에게 인용되고 싶다.'

저는 형광펜과 삼색 볼펜, 그리고 인덱스 플래그를 옆에 두고 책을 읽는 버릇이 있습니다. 좋은 문구가 나오면 형광펜으로 긋거나 삼색 볼펜으로 메모하고, 플래그 스티커를 붙여놓죠.

이 책에는 어디에도 알리지 않았던 지극히 사적인 이야기들만을 소재로 담았습니다. 멋있고, 좋아 보이기만 하는 겉모습과는 달리, 아무도 알 수 없었던 비밀을 조심스럽고 또 용기 있게 끄집어내 보았는데, 쓰다 보니 어쩌면 이 이야기들이 굳이 비밀일 필요가 없었겠다는 생각이 들었습니다.

살아간다는 건 다 똑같은 것 같습니다. 저마다의 고충이 있고, 때때로의 우여곡절을 지나 묵묵히 걸어 나가는 것. 그 이야기에 누군가는 밑줄을 긋고, 또 누군가는 플래그 하기를 기대하며 써 내려갔습니다. 좋은 글이라서가 아니라, 공감되는 글이길 바라는 마음에서요. 그러면서 깨닫게 된 건, 세상에 모든 경험은 값지고, 소중하다는 것이었습니다.

이 글이 누군가에게는 용기와 위로가, 그리고 미래의 나에게는 멋진 삶의 흔적이 되기를 바랍니다.

2024년 1월 대청소를 마친

기분 좋은 어느 날

홍성미

류
작
가

프롤로그

찬란한 빛이 스며든 나날들

우여곡절 속에 지나왔던 인생 이야기가 이 책에 담겨 있습니다. 글로 표현한다는 게 쉽지는 않았지만, 그 순간이 잊히지 않도록 저만의 흔적을 남겨봅니다. 삶의 속도 차이가 다르듯이, 기억되고 있는 추억들도 저마다 다를 것입니다. 그런 소소한 이야기들을 고스란히 책 속에 묻어 놓았습니다.

아홉 가지 키워드를 구상하던 날, 지나온 과거의 일들과 현재의 경험들이 영화 필름처럼 머릿속을 훑고 지나갔습니다. 영화 속 주인공이 된 것처럼 설레었죠.

가슴속에만 고이 간직해 묻어둔 추억들을 용기 내어 하나씩 꺼내어 봅니다. "고백" 파트에서 숨겨놓은 비밀이야기를 책 속에 담아냈습니다. 오로지 내 뜻과 계획대로 살아갈 수 없다는 것과 생명에 대한 소중함을 다시금 느끼며 오늘 하루도 감사하며 살아가고 있습니다.

내가 좋아하는 일들을 해가며 느끼는 '성취감', 소중한 아이들과 보금자리를 지키는 '뿌듯함'이 나에게는 지나온 삶에 대한 보상이라고 느껴집니다. 두 가지 일을 병행한다는 것이 가끔은 힘겨울 때도 있습니다. 그 자리를 잘 지키며, 잘 버텨내는 워킹맘들에게 이 글이 조금이나마 공감과 위로가 되길 바랍니다.

그리고 보석처럼 빛날 우리 아이들에게 '엄마는 이렇게 살았노라.'라고 전달되길 바랍니다.

2024년 1월
소중한 사람들과
특별한 생일을 맞이하는
따스한 겨울날
류수진

이 작 가

프롤로그

조금은 달랐던 우리의 삶들
하나의 단어로 쌓아 올렸던 날들

창문을 열어야 환기가 되는 것처럼 마음을 열고 들여다보니 그동안 느꼈던 감정이 고스란히 느껴졌어요. 그리고 떠오르는 기억들을 하나의 단어로 쌓아 올렸습니다. 기억을 회상하기에 가장 좋은 것은 사진뿐이라고 말하지만 우리가 만든 한 권의 책은 각자의 기억을 특별하게 만들어주었죠.

처음 '나이'라는 단어의 주제를 시작하며 많은 생각이 떠올랐습니다. 그리고 우리에게 '나이'의 의미는 모두 다르게 표현되었어요. 누군가는 과거 젊었던 시절의 나이를 생각하며 작성했고, 누군가는 미래에 다가올 나이를 그려보며 작성했습니다. 대인관계나 삶에 대처하는 법, 휴식에 걸림돌이 되는 것, 모두 차이가 있었어요. 우리가 살아온 삶에는 여러 이야기가 담겨 있었고

'아홉 가지 단어'를 통해 서로의 몰랐던 시절을 이해하고 위로받았습니다.

작성된 글들은 온전히 제가 느낀 생각과 경험에 관한 이야기입니다. 일을 하며 배웠던 지혜와 가족이나 친구들과 함께 보냈던 즐거웠던 관계, 많은 사람들을 바라보며 느꼈던 생각들을 담았습니다.

'남들이 이 글을 보며 무슨 생각을 할까?'

글을 쓰며 두려움도 있었지만 의도한 대로 모든 것을 이룰 수 없기 때문에 뭐든 써보는 것이 좋을 것 같다고 생각했습니다. 잘 살고 싶은 마음은 똑같겠죠. 이 책을 읽는 동안에는 복잡한 마음들을 잠시 접어두고 각자가 살아온 삶의 기억들을 정리해보면 좋겠습니다. 그리고 지나온 시간이 결코 하찮지 않았으며 스스로가 충분히 행복했다고 느끼길 바랍니다.

2024년 1월
몸과 마음이 깔끔하게
정리되어 홀가분했던 날
이경아

김
작
가

프롤로그

일장춘몽一場春夢. 인생은 찰나이고 순간은 영원하다

빠르지도 느리지도 않게, 시간은 소리 없이 정해진 속도로만 흐릅니다. 특히 붙잡고 싶은 순간은 더더욱 빠르게 지나가죠.

'내 인생의 봄날은 갔다.'라고 생각했던 나 자신에게 미안한 마음이 들었고, 책의 한 단어 한 단어가 늘어갈수록 새로운 깨달음의 시간이 더해졌습니다. 모든 순간은 인생의 찰나일 뿐이고, 눈을 감는 날까지 끝나지 않을 이야기라는 것이 가장 큰 깨달음입니다.

직접 겪어봐야지만 비로소 알게 되는 것들이 있습니다. 겪어보지 않으면 절대 알 수 없는 것들 말이죠. 이렇게 글을 쓴다는 이유로 작은 에피소드 하나라도 기억해 내기 위해선 거듭되는 생각의 정리가 필요했습니다. 그리고 이 시간이 유독 뜻깊게 다가왔습니다.

내 삶의 기억을 정리하다 보니,

저는 사람을 좋아하는 사람이었습니다.

어떠한 순간에도 혼자인 적이 없었다는 것을 알게 되었죠.

늘 사람들과 연을 맺으며

그 관계 속에서 연결되어 살아가고 있었습니다.

나의 사람들과

조금 더 나누고 싶은 말,

조금 더 기억하고 싶은 순간,

조금 더 함께하고 싶은 시간을 글로 적어 보았습니다.

삶에 대한 깨달음은, 아쉽게도 지나고 난 뒤에야 알게 됩니다. 그렇기에 아직 경험해 보지 않은 남은 인생이 더 소중하게 다가옵니다.

이 시간 함께하는 모든 이들에게

날마다 새로운 하루가 생긴다는 것, 그리고

'내 인생의 봄날은 언제나 지금이다.'라는 마음의 울림이 전달되길 바라봅니다.

2024년 1월

인생의 봄날보다

올해의 봄날이 더 기다려지는 날

김혜원

목차

프롤로그

유명해지고 싶다는 생각이 든 적이 있습니다 | 홍 작가 8

찬란한 빛이 스며든 나날들 | 류 작가 10

조금은 달랐던 우리의 삶들 하나의 단어로 쌓아 올렸던 날들 | 이 작가 12

일장춘몽(一場春夢). 인생은 찰나이고 순간은 영원하다 | 김 작가 14

Ep. 1 나이

시간은 너를 기다려 주지 않아

홍 작가 | 살아보니 비로소 깨닫게 된 것 22

류 작가 | 두 번째 스무 살 32

이 작가 | 나이를 숫자로 먹지 않는 것 37

김 작가 | 아홉수 콤플렉스 42

Ep. 2 무식

몰랐거나, 넘치게 아는 척 했거나

홍 작가 | 답게 살기 52

류 작가 | 독.한.년 58

이 작가 | 지식이 없는가? 지혜가 없는가? 63

김 작가 | 열정 배분 68

Ep. 3 터닝포인트

인생이라는 롤러코스터를 타고

홍 작가 | 아이러니 80

류 작가 | Here and now 86

이 작가 | 삶을 더 편안하게 만들어준 '결혼' 92

김 작가 | 효녀 98

Ep. 4 인연

시절인연, 우주 속에서 두 마디 이상 나눠 본 사람

홍 작가 | 끝날 때까지 끝나지 않는 108

류 작가 | 연(緣) 120

이 작가 | 친구(親口) 126

김 작가 | 연연하지 말게나 132

Ep. 5 이제 힘 좀 빼고 살아요 우리

센척

홍 작가 | 그래서 니가 누군데? 142
류 작가 | 가면, 이제는 벗어도 돼 148
이 작가 | 인정하면 편해지는 것 154
김 작가 | 한번 거저먹어 볼까? 160

Ep. 6 '처음'이라는 것이 주는 특별함

첫 경험

홍 작가 | 그러니 우리 꼭 다시 만나요 168
류 작가 | 어서 와. 이런 신세계는 처음이지? 175
이 작가 | 나를 마주했던 첫 경험 181
김 작가 | 홍분의 도가니 187

Ep. 7 여기서만 할 수 있는 이야기

고백

홍 작가 | 당신은 인생에 치부의 순간이 있나요? 196
류 작가 | 기적 204
이 작가 | 저, 그런 사람 아니에요 213
김 작가 | 백설공주인 줄 알았더니 왕비 219

Ep. 8 좋아하는 것

그러네, 나 이거 좋아했네

홍 작가 | 프루스트 현상: 후각의 기억 228
류 작가 | 어쩔 수 없는 행복의 조건, 돈 233
이 작가 | 그때, 그 계절이 주는 행복감 239
김 작가 | 납득시키지 않아도 되는 것들 245

Ep. 9 인생 명언

내가 이토록 열심히 살아낼 수 있었던 건

홍 작가 | 세상에서 가장 달콤한 유혹 '미룸',
세상에서 가장 리스크 없는 생산 '배움' 254
류 작가 | 더 하라 262
이 작가 | 똥인지 된장인지 먹어봐야 알죠 268
김 작가 | 부모는 자식의 거울이다 274

Ep. 1

나이

시간은
너를
기다려
주지
않아

살아보니 비로소 깨닫게 된 것

홍작가

그저 철없던 10대, 모든 것이 불안했던 20대, 도전의 연속이었던 30대 그리고 앞으로 살아가게 될 40대….

누군가에게 조언이나 충고를 할 만큼 많은 나이는 아니지만, 그렇다고 이젠 어린 나이라고도 할 수 없는 내 나이 불혹. 그 시간을 걸어오며 느꼈던 가장 큰 아쉬움이 있다면 무엇일까. 램프의 요정 지니가 나타나 20대의 나에게 한마디만 전하고 올 수 있게 해 줄 테니 말해보라고 한다면 나는 이 말을 전할 것 같다.

"성미야, 제발 눈치 좀 그만 봐."

나의 20대는 눈치 딱지 컬렉터Collector라고 해도 과언이 아닐 만큼 눈치 보며 사는 게 일상이었다. 부모님이 두 분 다 학창시절에 돌아가셨기에 실상 난 고아였는데, 그 고아라는 두 글자가 날 위축되게 만든 첫 번째 눈치 딱지였다.

나는 꽤 명랑한 여대생이었다. 사실 친구들 사이에서 성격이 밝은 것일 뿐, 그렇다고 특별히 튀는 행동을 하고 다닌 것은 아니었다. 하지만 가만히 있어도 눈에 띄는 외모와 패션으로 교수님이나 선배들에게 이유 없이 찍히는 날이 많았다. 어느 날은 선배를 보고도 인사를 하지 않았다는 이유로 불려가 혼난 적이 있었는데 그때 한 선배가 나에게 "부모 없는 애"라는 표현을 했다. 순간 얼굴이 빨개졌다. 하지만 부정할 수도, 반항할 수도 없었다. 어디서부터 시작된 건지, 그 소문은 학과에 알게 모르게 퍼져 있었다.

겨우 스무 살. 나에게 그 소문은 상처였고 고통이었다. 누가 알고, 누가 모르는지 알 수도 없었지만, 알고 싶지도 않았다. 입학 때까지만 해도 발랄했던 나는 그날 이후 누구에게도 거슬리지 않기로 마음먹었다. 그 강박은 친구들 사이에서까지 나타나게 됐고, 행여나 '내가 이런 말을 하면 날 어떻게 생각할까?' 하는 마음에 하고 싶은 말을 먼저 꺼내 본 적이 없었다. 날 보는 좋지 않은 시선이 두려웠다. 늘 의지와 상관없이 양보와 배려를 무기처럼 꺼내어 쓰며, 그저 좋은 사람으로 보이려 하는 '착한 여자 콤플렉스'가 생긴 시발점이 바로 그때였다.

대학 졸업 후, 서울 강남에서 잠시 직장생활을 한 적이 있다. 그 당시 함께 일하는 동료, 선후배 대부분은 서울권 4년제 대학 출신이었고, 나는 지방 전문대 출신이었다. 더러는 명문대 졸업생도 있었는데 믿기 어렵게도 내가 그중 일머리가 가장 좋았다. 아이디어를 내야 하는 순간마다 항상 내 의견이 선택되었고, 하필 전문대 주제에 쓸데없이 아이디어가 뛰어난 나는 또 하나의 눈치 딱지를 얻어야 했다. 내가 노력해서 받은 칭찬인데도 불구하고 그 칭찬이 어느 순간부터는 불편하게 여겨졌고, 그런 상황이 싫어 회사에서 서서히 입을 닫게 되었다. 그렇게 무의미한 회사생활을 이어오던 어느 날, 차라리 이곳을 떠나는 편이 낫겠다 싶은 생각이 들어 퇴근길에 무작정 사표를 던지고 나왔다. 입사한 지 딱 3개월 만이었다.

그 후, 난 프리랜서 강사로 활동하며 서울에서 자리를 잡아가고 있었다. 그때까지만 해도 서울을 떠난다는 상상을 해 본 적이 없었는데, 당시 결혼을 너무 원하던 남자친구의 속전속결 추진력이 발동하는 바람에 거절 한 번 해 보지 못하고 번갯불에 콩 구워 먹듯 결혼하게 됐다. 그 계기로 그간 쌓아 올린 서울 생활은 막을 내렸다.

스물여섯 어린 나이에 결혼을 결심하게 된 이유는 이민이었다. 남편과 나는 결혼식만 간단히 올린 후 캐나다로 함께 유학을 떠나기로 되어 있었다. 어차피 한국에서 살 것이 아니었기에 집과 혼수를 따로 장만할 필요가 없어 잠시 지낼 단기임대 오피스텔에서 신혼생활을 했다. 하지만 비자 문제와 함께 예기치 못한 변수들이 생기면서 이민은 물거품이 되어버렸다. 갑자기 살 곳이 없어진 우리 부부는 어떠한 선택권도 없이 대전에 있는 시댁으로 내려가 얹혀살게 됐다.

시부모님과 벽 하나를 두고 신혼생활을 해야 했던 나는 일어나는 것, 밥 먹는 것, 씻는 것, 잠자는 것까지 어느 하나 마음 편한 게 없었다. 친구를 만나러 가는 것도, 머리가 길어 다듬으러 가는 것도, 심지어 동네 편의점에 가는 것까지 모두 허락받았다. 2년의 합가 기간 안에 자연스레 아이가 생겼는데, 친구나 친정 식구들이 아기를 보러 오는 날이면 행여나 어머님 아버님께서 불편해하실까 노심초사 눈치만 살피느라 그간의 근황을 전하는 둥 마는 둥 이었다. 그렇게 나의 20대 후반에는 시댁살이 딱지가 붙었다.

눈치 딱지 모으기 대잔치를 벌이던 내 20대의 삶. 그렇게 살아온 내가 눈치 보지 않고 무언가를 결정하기란 전혀 쉬운 일이 아니었다. 지금 생각해 보면 누가 딱히 뭐라고 한 것도 아니었는데 혼자 괜히 주눅 들었던 일들도 많았다. 시댁에서도 마찬가지였다. 시부모님이라고 나와 함께 지내는 것이 편하셨을까. 나의 그 모든 행동은 불편함을 핑계로 어쩌면 내 마음 편한 길을 찾아내는 과정이었을지도 모른다. 그러면서 눈치 보느라 한 그 모든 선택이 그때는 최선의 결정이라 생각했다.

그런 내가 사업을 결심하게 된 계기는 무엇이었을까? 모든 것을 스스로 결정하고, 책임지고, 해결해야 하는 것이 사업인데 말이다. 이유는 딱 하나, 내가 주도하는 삶을 살고 싶었다. 그리고 내 선택이 틀리지 않았다는 것을 스스로 확인하고 싶었다. 남의 시선이 두렵고 남 입에 오르내리는 나의 이야기가 두려워 20대 전부를 눈치 인생으로 살아온 나. 30대는 그렇게 살고 싶지 않았다.

딱 서른이 되던 2014년 봄, 사업자를 냈다. 그리고 속으로 다짐했다.

'이제 누구의 눈치도 보지 마. 죽는 날 자신에게 조금이라도 덜 미안하려면….'

사업자등록증을 발급받는 일은 무료였다. 소득이 없으면 세금도 없기에 사실 고민할 이유가 없었다. 하지만 그때도 여전히 주변의 말이 신경 쓰이는 것은 사실이었다.

"네가 사업을 하겠다고? 무슨 돈으로?"

맞다. 정말 쥐뿔도 없었다. 하지만 어제와 똑같은 오늘을 살면서 달라진 내일을 기대할 수 없다는 것을 20대 내내 아주 절실히 깨달았기에 그런 말에 더 이상 약해지지 않기로 했다. 남 눈치 볼 시간까지 아껴 도전하고 변화하는 데에만 집중했다. 말 그대로 새파랗게 젊다는 게 나의 사업 밑천이었다. 사업자등록증을 들고 집으로 와 테이블 위에 올려놓고 한참을 바라보았다. 이 종이 한 장이 가치를 가지려면 무엇이 필요할까? 그 당시 나에게 가장 큰 결핍은 돈이었으니 돈이 있어야 해결되는 것과 없어도 해결 가능한 것들을 빈 노트에 쭉 적어 보기로 했다. 그리고 돈이 없어도 해결 가능한 것부터 하나씩 도장 깨기를 했다.

첫 번째 도장 깨기는 대학 진학이었다. 교육업 대표자의 최종 학력이 전문대 졸업이라는 것이 못내 아쉽기도 했고, 늘 공부에 대한 갈증이 있었기에 선뜻 도전장을 냈다. 학자금 대출을 받아 사이버대학에 편입하고, 이어 석사까지 총 6년 동안을 쉬지 않고 학업과 사업을 병행했다. 쉽지 않은 싸움이었다.

그 기간 동안 부족한 경력을 쌓는 일에도 적극적이었다. 남들과 비교하며 내가 갖지 못한 것을 부러워하기 전에 내가 가진 능력으로 할 수 있는 일부터 찾았다. 적은 보수에도 눈치 보지 않고 감사해하며 강의했다. 누군가에게 나 강의하는 사람이니 강의 기회가 있으면 소개해 달라는 말도 거침없이 하고 다녔다. 내가 성장하기 위해 꼭 필요한 길을 걷고 있는 과정이라 여기니 자존심이 상하지 않았다.

우리는 하루에도 몇 번씩이나 남의 눈치 속에서 내 삶을 결정하며 살아간다. 직업을 선택하거나, 이성과 만남을 결정할 때도 남의 눈을 신경 쓴다. 하다못해 SNS에 게시물을 올리거나, 본인이 먹을 식사 메뉴를 정할 때마저 그렇다. 그리고 그것을 배려나 양보, 때로는 겸손이라는 이름으로 합리화한다. 그러다 보니 간혹 본인이 진짜 하고 싶은 것이 무엇인지조차 헷갈려 하는 사람도 있다. 그 이유가 뭘까?

사람은 누구나 본인이 선택한 것에는 책임져야 한다는 강박관념이 있다. 내가 음식 메뉴를 정하고, 미팅 장소를 정하고, 여행지를 정하고, 만남과 이별을 결정했다고 상상해보자. 그 순간 순간의 선택이 좋은 결과를 가져다주면 더할 나위 없이 만족스럽겠지만 그렇지 못했을 때는 분명 자책이 따를 것이다. 그 선택으로 받게 될 타인의 시선과 원망, 그리고 그 순간을 직면했을 때의 난처함과 민망함. 우리가 눈치 보는 것은 어쩌면 마주치고 싫지 않은 순간에 대한 두려움 때문일지도 모르겠다.

사업자를 내고 10년이 흐른 지금의 내 삶은 그때와는 아주 많이 달라졌다. 통장 잔고도, 집의 평수도, 그리고 회사 규모도. 심지어 주변의 몇몇 지인들은 내 인상도 달라졌다고 이야기한다. 그때 그 회사는 개업 딱 3년 만에 법인으로 성장했고, 최종학력 '전문대 졸'이었던 나는 2023년 박사 진학을 했다.

20대에는 몰랐지만, 30대에는 깨닫게 된 것이 있다.

• 본인의 선택이 죄를 짓거나, 누군가에게 피해를 주는 일이 아니라면 이 세상에 핀잔받을 일은 하나도 없다는 것.
• 싫어할 사람은 백번 양보해도 나를 싫어하게 되어 있고, 좋아할 사람은 눈치 보지 않아도 나를 좋아해 준다는 것.
• 당장 시작하지 않으면 곧 도전마저도 어렵게 만드는 나이의 가속도 구간이 다가온다는 것.

지금 와서 생각해 보니 인생을 주도적으로 사는 데 진짜 필요한 것은 돈이나 상황이 아닌 의지였다. 따지고 보면 이 세상에는 돈 없이도 할 수 있는 것이 의외로 많다. 하지만 의지는 나이가 들수록 꺾인다는 사실을 누구도 부정할 수 없다. 그러니 인생에서 가장 젊은 지금을 밑천 삼아 조금 더 당당하게 선택하고, 결정하면서 본인의 인생을 만들어 갔으면 좋겠다. 물론 모든 선택의 끝이 낙원이 아닐 수 있다. 하지만 최소한 삶에서 나를 위해 소비하는 시간이 남 신경 쓰느라 포기하는 시간보다는 더 많아야 하지 않을까?

그러니 망설이지 말고, 눈치 보지 말고 조금 더 과감하게 인생을 설계해 보아도 괜찮다고. 진짜 하고 싶은 것이 있다면 그것을 부정적으로 바라보는 사람의 시선을 이겨야 한다고. 그리고 마침내 내 말이 맞았다는 것을 그들에게 결과로 증명해 보이는 일. 그것이 나를 눈치 보게 만든 사람들을 이기는 유일한 방법이라고 말해주고 싶다.

두 번째 스무 살

류작가

20대에 결혼과 육아를 계획하는 동생들은 잘 들어봐!

사회인으로 제일 잘나갈 것 같은 나이가 딱 서른인지 알았어. 그래서 서른 살에 대한 로망이 있었지. 막상 나의 서른은 두 아이의 엄마로 기저귀를 갈고 있더라. 더 힘든 건 이게 언제 끝날지 몰랐던 거야. 특히 첫째 딸에게 엄마가 되는 훈련을 호되게 받았어. 〈세상에 이런 일이〉에 나올 법하게도 밤 11시면 알람 울리듯 울기 시작해 아침 6시가 되어야 그치더라. 정말 신기했어. 더 신기한 건 1분도 안 쉬고 울 때야. 나도 함께 울었지. 그렇게 100일 지내다 보니 자연스럽게 다이어트가 되더라. 결혼 전보다 더 날씬한 몸매로 변했어. 그건 딸에게 고마운 점이야.

그 딸이 4살이 되었을 때 포크댄스 강의 섭외가 들어왔어.

모든 동작을 단시간 안에 암기해야 하고, 몸에 익혀야 하고, 또 설명까지 해줘야 하는 미션이었지. 완벽주의인 나는 한 치의 실수도 용납할 수 없기에 아침에 눈 떠서부터 밤에 잠들기 전까지 계속 머릿속으로 동작을 반복했어. 그때 우리 딸이 선뜻 파트너 역할을 해준다기에 딸과 손을 잡고 연습했지. 포크댄스는 파트너 없이는 할 수가 없거든. 여기서 잠깐! 그 사이 나에겐 아들이란 존재까지 생겨서 두 살짜리 막내를 아기띠에 매고 춤 연습을 했어. 베란다 창문에 비친 나의 모습은 아주 가관이었지. 해맑게 웃고 있는 우리 아이들을 바라보는데 '이 나이 먹고 내가 이 짓을 해야 하나.' 하는 생각이 들더라. 하지만 지금 돌이켜보면 그땐 아주 젊고 생생한 나이였어.

대부분 여성들이 아이를 낳을 때 '우리 엄마가 나를 이렇게 힘들게 낳아주셨구나!'라고 많이들 생각한다지? 나는 조금 달랐어. 출산하고 갓난아이를 키우면서 친정엄마 생각이 별로 나지 않았어. 그런데 아이가 초등학교에 입학하고 나니 그 마음을 알겠더라. 아이를 늦게까지 돌봐주는 어린이집, 유치원과 달리 초등학교 돌봄교실 시간은 5시까지였어. 한번은 강의가 끝나자마자 정장 차림에 뾰족구두를 신은 채로 행여나 늦어질까 부리나케 달려갔어. 역시나 우리 아이만 덩그러니 교실에 혼자 남아있더라. 너무 미안했어. 그렇게 뛰다 보니 운동장에 다다랐을 때 숨을 고르기 위해 하늘을 올려다봤는데 나도 모르게 눈물이 주르륵 흐르는 거야. 그러면서 머릿속에 한마디가 스쳐 지나갔어.

'아, 엄마도 맞벌이로 우리 키우느라 엄청 힘드셨겠구나.'

단순히 육아만으로는 친정엄마의 마음을 느낄 수 없었는데 워킹맘이라는 타이틀을 갖고 나니 친정엄마의 지나온 삶이 고스란히 느껴지더라. 사회에서는 인정받는 커리어우먼의 자리를 유지하고 싶고, 가정에서는 아내의 역할, 엄마의 역할을 동시에 잘 해내고 싶은 마음. 이런 마음들은 나만의 욕심은 아닐 거라 생각해. 누구나 가끔 자신의 역할이 버거울 때 있잖아. 다 던져 버리고 도망가고 싶지만 그럴 수 없는 삭막한 이 현실.

이제 큰아이가 중학교에 입학했어. 뒤돌아 생각해 보니 걸음마 배우던 시절이 그립더라. 그땐 그냥 먹여주고, 놀아주기만 하면 하루 일과가 끝났는데 지금은 사춘기 고민 상담, 진로 상담까지 신경 쓸 게 왜 이리도 많은 건지.

정신 차려보니 내가 벌써 마흔이래.

세상에나. 어릴 적 나에게 마흔이란 존재는 그냥 나이 든 아줌마밖에 안 떠올랐는데 막상 내가 그 처지가 되어보니 이것 또한 별거 없더라. 그냥 살다 보면 나이를 먹고, 숨 쉬다 보면 나이를 먹고, 내가 나이를 먹는 건지, 나이가 나를 먹는 건지….

그땐 멋모르고 참고 견딘 일들을 지금 와서 다시 하라고 하면 못할 것 같아.

'이렇게 애쓰면서 키워놨는데 그때로 다시 돌아갈 순 없지.'

스무 살 때 못 해 본 것들을 할 수 있는 기회를 준다고 할지라도 나는 사양할래. 내가 걸어온 이 길이 바로 내가 선택한 길이잖아. 선택한 것에 대한 책임은 나에게 있듯이 내가 밟아온 흔적에 대한 값진 추억이 너무나도 소중하니까. 차라리 앞으로의 삶을 더 잘 살래. 앞으로 살아가야 할 나의 인생도 후회하지 않는 인생이 되도록 설계하는 중이야. 50대, 60대의 나이에도 찬란한 빛이 스며들 수 있도록.

이제부터 나는 두 번째 스무 살의 인생을 멋지게 살아볼래.

나이를 숫자로 먹지 않는 것

이작가

"엄마! 엄마 나이가 되면 어때? 그 나이에도 삶이 재미있어?"

조금 어리석고 우스운 질문처럼 느껴질 수 있지만 내가 훗날 엄마의 나이가 된다면 무슨 재미로 살아갈지 궁금했다. 왠지 나이를 먹는다는 것은 고독하고 외로운 과정처럼 느껴졌으니 말이다. 그래서 지금 엄마의 삶에는 어떤 즐거움이 있는지 들어보고 싶었다. 엄마는 기가 차다는 듯이 웃으며 대답했다.

"엄마는 지금이 제일 행복해! 밥 차리기 귀찮은 날에는 아빠랑 단둘이 오붓하게 먹고 들어가면 되고, 여행도 자식들 다 키우고 떠나는 여행이니 너무 홀가분하고 재밌어. 이번 주말에도 같이 모임 하는 사람들이랑 바닷가로 떠나."

"헉! 또 놀러 가? 나보다 체력이 더 좋은 것 같아."

젊은 우리보다 여기저기 더 많이 다니는 모습을 보니 대단하다는 생각이 든다. 그리고 엄마는 말했다.

"엄마도, 어릴 때는 할머니를 보면서 엄마 나이가 되면 다 죽는 줄 알았어. 그런데 주변을 보니 아주 건강하게 즐기는 사람들이 많더라고… 그냥 앞으로도 엄마는 이렇게 편하게 살고 싶어, 너무 좋아."

사람마다 차이가 있을 수 있겠지만, 엄마의 말처럼 그저 나이는 숫자에 불과한 것 같다는 생각이 들었다. 학창시절 내가 머릿속에 그렸던 어른의 모습도 현실과 조금 달랐기 때문이다.

10대에 그려왔던 20대는 꿈을 위해 열심히 준비하는 건강한 모습이었다. 예쁜 옷에, 예쁜 구두에 화려하고 빛나는 그런 여자였다. 그리고 그렇게 준비한 결과가 30대에 드러나서 멋진 커리어우먼이 될 것이라는 기대를 했다.

하지만 현실은 어땠을까? 무릎 나온 트레이닝 바지에 푹 뒤집어쓴 모자가 편한 20대, 여전히 노느라 바빴던 20대, 불투명한 미래에 불안하기만 했던 20대였다. 물론 모든 20대가 그런 것은 아니다.

30대는 조금 달랐을까? 여유가 있는 삶을 보낼 것이라는 기대와 다르게 유독 시간 관리에 엄격한 태도를 보이며 촉박한 하루를 보냈다. 아무것도 하지 않으면 삶이 잘못될 것 같은 느낌이 들어서 여전히 불안한 30대를 지내왔다.

어른이 된 나를 보여주는 것은 주민등록증의 생년월일 숫자였다. 숫자를 보고 있자니 나이 먹은 사람처럼 행동해야 할 것 같은 부담감만 있었다.

'나이 먹고 왜 저럴까.'

나이에 대한 고정관념이 있었다. 나이가 들면 그에 맞는 옷을 입어야 할 것 같다거나, 나이에 맞는 여행지, 나이에 맞는 음식점 등등 일상에서도 구분을 지었다. 하지만 요즘은 나이에 구분 없이 패션에 자유로운 모습을 흔히 볼 수 있다. 가끔 커피숍이나 식당에 방문했을 때에도 대부분 어르신들이 자리를 잡고 계셔서 한참을 기다린 일도 있었다.

그뿐만이 아니다. 한번은 신랑과 아파트 단지 내에 있는 헬스장에 운동을 하러 들어갔다. 그 안에서 깜짝 놀랐던 것은 우리보다 훨씬 나이가 많아 보이는 분들이 열정적으로 운동을 하는 것이 아닌가… 심지어 조금도 지친 기색 없이 운동하는 모습에 대단하다는 생각이 들기도 했다. 결국, 지쳐서 헬스장을 나온 건 우리였다. 숫자로 나이를 먹고 싶지 않다는 생각이 들었다.

〈인턴〉이라는 영화를 무척 좋아한다. 이 영화에서는 '70세 시니어 인턴'이 등장하는 것이 가장 흥미롭다. 사회에서 자신의 역할을 찾고, 멋지게 삶을 살아가는 모습을 보여주는 과정이 많은 사람에게 동기부여를 전달했다.

'이 나이에 할 수 있을까?'

생각만 하다가 하고 싶은 것을 마음대로 하지 못하고 포기하는 사람들도 있고, 쉽게 할 수 있는 것도 어렵다고 생각하여 뒤돌아서 돌아오는 일도 있다. 오히려 나이를 의식하지 않고 사는 것이 더 도움이 될 것 같았다.

내가 좋아하는 취향을 만들어서 그 시간으로 가득 채워진 삶을 보내고 싶은 욕심이 생겼다. 예를 들면 음식 한 가지를 먹어도 예쁜 접시에 담아서 먹는다거나, 좋아하는 음악과 술을 한잔하며 사랑하는 사람들과 시간을 보내는 것처럼 말이다. 느긋하게 즐기며 나이를 보내야겠다고 다짐했다.

사람은 그 자체로 충분한 것 결국 나이는 알아서 꾸준하게 잘 먹고 있으니, 해마다 내가 몇 살인지 곱씹기보다는 나이에 조금 더 자유로운 삶을 살아가고자 노력하고 싶다.

아홉수 콤플렉스

김작가

어릴 적 나는 약간 까무잡잡하고 말랐었다. 그리고 야무지고 민첩했다. 초등학교 6년 내내 100미터 달리기 1등 도장은 따 놓은 당상이었고, 청백 계주의 대표주자 역시 놓친 적이 없었다. 롤러스케이트 대회, 높이 뛰기 대회, 널뛰기 대회 등 운동신경 하나는 빼어나게 좋았던 것 같다. 이렇게 활동적이었던 나는 앉아서 하는 놀이보다 매일같이 뛰어놀기 바빴다. 아파트 앞마당에서 이웃사촌들과 '땅따먹기', '고무줄놀이', '얼음땡', '말뚝박기' 같은 게임을 할 때면, 주장들은 나를 먼저 뽑아가려고 애썼다. 날렵하고 재빨라서였을까? 평소에 넘어질 뻔하거나 다칠 뻔한 적도 있었지만 그런 순간에도 나는 크게 다치거나 상처 나는 일은 드물었다.

"1993년" 하면 '꿈돌이', '한빛 타워', '대전 엑스포'가 떠오르는데 그때의 나는 아홉 살이었다. 우리 집 앨범 한편에 그 시절 추억이 고스란히 담겨있다. 사진 속 내 모습은 장난꾸러기 같은 표정으로 두 손엔 하얀 붕대를 감고 있다. 대전 엑스포를 기념하며 찍은 사진이지만, 한빛탑보다 더 기억에 남는 건 맑은 얼굴 그리고 붕대를 감고 있는 나의 모습이다.

여느 때와 같이 아파트 앞마당에서 자전거를 타며 놀고 있었다. 아랫집 사촌 동생을 세발자전거 뒷자리에 태우고 뒤에서 밀어주었는데 순간 자전거 앞바퀴가 들리며 뒤로 넘어져 버렸다. 자전거를 받치고 있던 두 손이 그대로 바닥에 쓸려버린 거다. 지금 생각해도 아차 싶은 상황이었다. 후다닥 일어나 손을 들여다봤는데 새하얘진 손가락이 눈에 들어왔다. 살갗이 벗겨지면서 속살이 드러난 것이다. 너무 놀란 나머지 쳐다만 보고 있는데 새하얘졌던 살에서 몽글몽글 피가 맺히며 바닥으로 뚝뚝 떨어지기 시작했다. 순간 두 손을 움켜쥐고 집으로 뛰어 들어왔다. 아파트 통로, 엘리베이터, 현관, 화장실까지 내가 지나간 모든 자리에 피가 떨어졌다. 무작정 세면대에 서서 물을 틀고 피를 씻어내니 흐르는 물 사이로 하얀 뼈가 드러나 보였다.

무서운 상황이었지만, 그때 집엔 아무도 없었다. 수건으로 손을 돌돌 감은 채 아랫집에 사는 어르신께 부탁해서 함께 병원으로 갔다. 뼈가 보이는 왼손은 무려 다섯 바늘이나 꿰맸고, 손가락 네 개를 다쳐버린 오른손까지 양손 모두 붕대를 감게 되었다. 당시 나는 아빠도 엄마도 없이 혼자서 치료받았던 기억이 난다. 소식을 듣고 달려오신 부모님을 보고 나서야 소리 내어 엉엉 울었다. 1993년에 나는 아홉 살이었고, 대전 엑스포가 개최되었고, 앨범 속엔 붕대 감은 손으로 브이를 한 내 모습이 담겨있다. 피를 많이 흘리면 죽는 줄만 알아서 더 겁이 났던 아홉 살. 태어나서 가장 크게 다쳤던 나의 아홉 살. 처음으로 '나도 죽을 수 있구나.'를 느꼈다.

"2003년" 사춘기의 끝 무렵이었다. 다 큰 어른인 양 행동했지만, 미숙했던 고등학생 시절을 보냈다. 그때 나는 왼쪽 눈을 크게 다친 적이 있었다. 집에는 가야 하는데 이런 모습을 하고 들어가기엔 엄마를 볼 용기가 안 났다. 나보다 더 걱정할 엄마에게 변명의 여지가 없었다. 한참을 고민하다 집에 들어갔는데 기다리던 엄마가 눈빛으로 나를 살피는 게 느껴졌다. 무심한 듯 퉁퉁거리며 얼굴을 획 돌리고 방으로 들어가 버렸다. 다시 생각해도 '엄마는 못 속여. 어떻게 다 알까?' 싶다. 내 방문의 틈을 놓치지 않고 따라 들어오는 엄마를 보고 나니 참았던 눈물이 왈칵 쏟아졌다. 고개를 푹 숙인 내 모습을 그저 바라봐 주시며, 어떠한 성화도 내지 않으셨다. 오히려 나를 달래며 괜찮다고 안아주시던 엄마. 얼굴을 보여주니 많이 놀라신다. "엄마 미안해." 눈물이 뚝뚝 떨어졌다. 안과에 가서 치료받았고, 대략 전치 4주가 나왔다. 거봉보다 시퍼렇고 붕어만큼 부은 눈으로 한 달 정도를 보내었다. 후유증 없이 나아서 다행이지만, 반대쪽 눈이 더 또렷하고 예쁜 것 같다. 태어나서 두 번째로 크게 다쳤던 고등학교 3학년, 방심했던 이때, 나는 열아홉 살이었다.

"2013년" 일장춘몽一場春夢. 청춘이 영원할 줄 알았고, 인생은 언제나 젊은 봄날일 줄 알았다. 10대가 엊그제 같은데 그새 나는 스물아홉이 되어 있었다. 어릴 땐 더욱이 삼십이란 나이가 멀게만 느껴졌고, 삼십이면 어엿한 어른이 되어 있을 줄만 알았는데… 청춘의 날들이 꼭 한여름 밤의 꿈처럼 느껴졌다. 십 대엔 이십 대가 되기를 기다렸다. 순정 만화를 좋아했던 탓일까. 저절로 어른이 되는 줄 알았고, 어른에 대한 환상과 상상은 끝이 없었다. 그리고 삼십이 되면 모든 걸 이뤘을 줄 알았는데 막상 스물아홉이 되고 보니 생각과는 다른 현실투성이였다. 한 손에 명품백을 다른 한 손엔 서류를 들고 뾰족구두를 신은 커리어우먼을 상상했고, 멋진 자동차, 독립해서 혼자 살 집도 생기는 줄 알았다. 운명 같은 사람을 만나 달콤한 결혼 생활을 하고 있을 줄 알았는데, 내가 꿈꿔온 것과 일치하는 것이 하나도 없었다. 초등학교 땐 군인 장병들에게 위문편지를 쓸 계기가 많았다. 언제나 편지는 "군인 아저씨께"로 시작한다. 군인이면 당연히 아저씬 줄 알았지만, 남자친구를 군대에 보내고 알게 된 사실은 스무 살이 갓 넘은 젊디젊은 나이였단 것이다. 그런 내가 '군인 아저씨'보다 열 살이나 더 많은 삼십 대가 된다니….

이십 대에 바라본 삼십은 뭣 하나라도 완성작이 있어야 한다고 생각했다. 하지만 내 인생 창고엔 미완성만 가득했다. 지금 와서 보니 나이 삼십에 인생을 정산하려 한 게 부끄럽기 짝이 없지만, 그때의 나는 이룬 게 하나도 없다는 생각에 조급하고 아쉬운 마음뿐이었다.

갑자기 회사에서 강릉으로 발령이 났다. 서른 전엔 꼭 결혼할 거라는 말을 입에 달고 살던 나인데…. 아는 사람, 아는 식당 하나 없는 곳에서 혼자 지낼 일이 막막했다. 무엇보다 겪어 온 아홉 살, 열아홉 살을 생각하며, 뭘 하든 어딜 가든 '이번에는 몸 좀 사려야지.'라는 생각이 가득하기도 했다. 이렇게 걱정이 앞선 채로 강릉 생활은 시작되었고, 그런 나를 위해 작은 목표 하나를 세웠다.

'세 번째 아홉 살은 웃으며 보내 주자.'

십 년에 한 번씩 돌아오는 나이. 아홉이란 숫자 따위에 의미 부여를 하지 않기로 다짐했다. 이겨낼 수 있다는 마음으로 나 자신을 믿고 이 시간을 유의미하게 보낼 방법을 생각하고 실행했다.

'아홉수야. 네가 아무리 쫓아와 봐라. 나를 이길 수 있나!'

주어진 상황을 긍정적으로 생각하고 그런 시간을 즐기기 시작했다. 그 덕에 다시 시작했던 공부의 마침표, 고군분투 강릉 생활의 증거 전임강사 승진, 식사 자리에서 인연이 된 남편과의 결혼 약속까지. 이 모든 걸 이룰 수 있었다. 무엇을 한들 이보다 더 감격스러울 수 있을까? 참 정의하기 나름이더라. 미완의 숫자 9에 대한 안 좋은 믿음이 가져온 미신, 어른들은 '아홉수를 조심하라'고 했다. 결혼도, 사업도, 중요한 일도 수에 의미 부여를 하고 꺼려왔다. 이렇듯 아홉수에는 막연한 두려움이 배어있지만, 중요한 것은 나를 믿는 마음 아닐까? 스물아홉의 나는 그 어느 때보다 많은 것을 해냈고, 이제 더 이상 아홉수 콤플렉스는 두려움의 존재가 아니다. 최고 높은 숫자 9를 지나야 다음으로 넘어갈 수 있듯 9는 나이의 앞자리를 지탱해 주는 힘이 되어 준다. 이렇듯 내 경험들이 큰 힘이 되어 나는 앞으로도 아홉을 넘어 성장해 나갈 것이다.

[나이]에 관한 당신의 이야기를 들려주세요.

Ep. 2

무식

몰랐거나,
넘치게
아는 척
했거나

답게 살기

홍작가

사람은 누구나 인생에서 하나 이상의 지위를 갖고 살아간다. 아들, 딸, 엄마, 아빠, 친구, 동료, 선배, 후배… 그리고 지위 뒤에는 각각의 책임과 역할이 따른다. 강의하면서 내가 가장 많이 언급하는 내용이 바로 '지위에 맞는 역할'에 관한 이야기이다.

답게 사는 건 도대체 어떻게 사는 것일까? 나는 지금껏 그 의미를 '지위에 맞는 1인분을 잘 해 나아가는 것'이라고 해석했다. 선생님이라면 선생님답게, 선배라면 선배답게, 엄마라면 엄마답게, 학생이라면 학생답게.

학창시절 나는 꽤 여러 번의 반장, 부반장을 맡아왔다. 반장이나 부반장을 못 하면 미화부장이라도 해야 직성이 풀리는 아이였는데 한번은 고등학교 체육 실기시험이 너무 싫어서 체육부장을 자초한 적도 있었다. 당시 체육부장의 역할은 실기시험 때마다 운동장에 책상 하나를 가져다 놓고 거기에 앉아 반 친구들의 기록을 적어 주는 것이었다. 그럼 체육부장의 봉사가 인정되어 내가 죽도록 싫어하던 오래달리기나 턱걸이를 하지 않아도 적당한 실기점수가 나왔다. 실기시험이 싫었던 이유는 딱 하나, 오래달리기를 하면 땀범벅이 되고, 땀범벅이 되면 등교할 때 애써 꾸민 모습이 망가질 게 뻔하기 때문이다. 만약 어쩔 수 없이 달려야 하는 날이 오면 그땐 화장이 망가지지 않도록 고개를 푹 숙인 채 설렁설렁 달렸고, 그러다가 꼭 선생님께 걸려 혼이 났다. 아침마다 엄마는 정성스레 화장하고, 머리 손질을 하는 내게 늘 이렇게 말씀하셨다. "수업을 받으러 가는 건지, 패션쇼를 하러 가는 건지." 지금 생각해 보면 그때의 나는 실기점수보다 외모 점수가 더 중요했던 것 같다.

중학교, 고등학교가 전부 남녀공학이었다. 어쩌면 그래서 외모에 더 신경 썼던 것일지도 모른다. 매일 그렇게 꾸미고 다니던 나는 학생답지 못하다는 이유로 학생주임 선생님께 하루가 멀다고 지적을 받았다. 다른 친구들이 살색, 검은색 스타킹을 신고 다닐 때 나는 흰색 스타킹을 신고 가서 혼이 났었고, 귀걸이도 금지된 그 시절 나는 전교에서 유일하게 피어싱을 하다 걸리기도 했었다. 그때 내가 가장 아끼는 피어싱을 학생주임 선생님께서 화단 잔디밭에 던졌는데 그걸 찾겠다고 화단을 뒤지다 벌에 쏘인 적도 있다.

그 사건은 나에게 엄청난 충격이었다. 벌에 쏘여서가 아니라 결국 피어싱을 찾지 못했기 때문이다. 시골에 살던 내가 피어싱을 사기 위해 동대문까지 갔었다. 왕복 5시간이나 걸리는 그 먼 초행길을 고민 하나 없이 달려가서 사 온 것이었으니 얼마나 소중했을까. 그런 서슴없는 행동들이 그때의 내 관심사를 잘 대변해준다. 가끔 학창시절 앨범을 들여다보는데 나름 꾸몄다던 그 모습이 지금 보면 딱히 예쁘지도 않다. 오히려 아쉬운 것이 있다면 뭘 그렇게 교복을 조잡하게 입고 다녔는지, 정석대로 단정하게 입고 찍은 사진이 단 한 장도 없다.

부모가 되고, 나이를 이만큼 먹고 나서 생각해 보니 체육부장이든, 피어싱 사건이든, 하얀 스타킹이든 나의 철없었던 행동들이 조금 부끄럽기도 하다. 좋아하는 것을 지키고 싶다는 이유로 때와 장소를 가리지 않고 밀어붙였던 행동들. 그런 내 모습은 그저 선생님들께 잦은 지적질의 대상일 뿐이었다. 10대의 나는 학생다움이 무엇인지 전혀 몰랐다. 틀에 갇힌 삶을 부정하는 것이 멋인 줄 알았다. 무식했다.

나이를 먹고 사회생활을 하면서 나에게는 여러 가지의 지위가 생겼다. 아내로의 지위, 엄마로의 지위, 강사로의 지위, 그리고 대표로의 지위. 그렇게 지위가 늘어날 때마다 나는 늘 고민했다. 과연 나는 '답게' 살고 있을까?

"사람은 때가 되면 다 여물기 마련이고, 부모가 되면 철이 들기 마련이다."라는 말을 익숙하게 들어왔다. 하지만 실제로 그렇지 않은 경우가 꽤 있다. 내 나이 벌써 마흔. 우리 아빠, 엄마 시대를 떠올리면 이미 철이 들어도 한참 들었어야 하는 나이지만 지금 내 또래를 보면 아직 '여물다'라는 단어가 어울리지 않는 친구도 많다. 이게 단순 'Young forty, Young fifty' 때문일까? 내가 만약 철없는 행동을 부끄럽게 여기지 못했다면, 여전히 분수를 모르는 무식한 사람으로 살고 있을지도 모른다.

나에게 주어진 지위, 그에 맞는 '다운 역할'을 잘 해내는 방법에 대한 고민은 여전히 현재 진행형이지만, 아직도 그 물음에 대한 명확한 답은 찾지 못했다. 하지만 나의 지위 안에서 교류하는 사람들이 '나에게 기대하는 것'만큼은 제대로 해내려고 노력하며 살고 있다. 그래, 어쩌면 역할이란 것은 나의 관점이 아니라, 상대방의 관점일지도 모르겠다. 그들이 나에게 기대하고 바라는 것. 그것을 기꺼이 해내는 일. 그 안에서 느끼는 책임감이 곧 역할이 아닐까?

배우지 못한 무식보다 더 부끄러운 것은 격에 맞지 않는 행동에서 오는 무식이라고 생각한다. 잘 알지 못해서 하는 실수는 실수이지만, 격에 맞지 않는 행동은 실수가 아니라 철딱서니 없는 푼수일 뿐이다. 흘러가는 인생 여정 속에서 마주하게 될 나의 역할들. 이따금 서툴 수 있을지 몰라도, 푼수는 되지 말아야지.

유유히 시간이 흘러 얼굴의 주름이 깊어질 만큼 깊어진 어느 날, 무심코 거울을 봤을 때 그 거울 속에는 멋지게 여물어 있는 내가 서 있었으면 좋겠다.

독.한.년

류작가

"야 니네들은 둘이 같이 붙어있으면 세상 무서울 게 없지?"

학창 시절 가장 친했던 친구가 있었다. 지금까지도 연락하고 지내는 가장 오래된 친구이기도 하다. 그 친구와 함께 있으면 두려울 것이 하나도 없었다. 그 친구의 언니마저도 너희 둘은 같이 있으면 세상 무서운 것이 없냐며 혀를 내두를 정도였다. 누구도 말릴 수 없는 앞만 보고 달리는 '직진녀'들이었다.

10대 청소년기의 뇌는 일반적인 사람의 뇌가 아니라고 한다. 이성적인 사고가 이루어지는 전두엽보다 감정처리를 담당하는 변연계가 먼저 발달하기 때문에 부모의 말에 반항하고 쉽게 화를 내기도 하며 사소한 일에 서운함을 느껴 울기도 한다. 성향마다 다르겠지만 이런 변연계가 남들보다 더 발달한 청소년들도 있을 수 있다. 불의를 보면 참을 수 없고 괜히 나서지 않아도 되는 일에 발 벗고 나섰다가 혼자 수모를 겪는 일이 비일비재하게 생긴다. 그게 바로 나의 이야기다.

어릴 적 내 별명은 애늙은이였다. 그 나이에 생각할 수 없는 것들을 생각하며 말과 행동이 남달랐다. 그야말로 아주 오지랖이 넓은 아이였다. 중학생 시절 길 잃은 아이를 파출소로 데려다 주고 그 아이의 부모님이 오셔서 데리고 가는 것까지 보고 나서야 귀가했다. 고등학생 때는 힘이 약한 친구들을 괴롭히는 장면을 목격하면 가만히 있지 못했다. 괜히 그 싸움에 끼어들어 결국 경찰서까지 함께 갔던 적도 있었다. 또 어느 날은 가출한 친구를 다독여서 집에 들여보내려고 밤을 지새우다가 다음 날 나도 학교에 가지 못했다. (엄마 미안해.)

성인이 되면서 오지랖은 무식할 정도로 더 커져만 갔다. 직장 생활을 먼저 하다가 대학에 들어갔기에 남들이 졸업할 나이에 나는 입학을 했다. 신입생 오리엔테이션 때 나와 비슷한 연령대의 신입생들이 눈에 많이 띄었는데 나이가 있다는 이유로 대학 생활에 쉽게 적응하지 못하는 분들도 보였다. 나 역시 어색하고 낯설었지만, 빠른 적응을 위해 한 명 한 명에게 다가가 먼저 인사를 건네며 친해진 결과, 일주일에 한 번씩 정기모임까지 결성하게 되었다. 함께 밥도 먹고, 과제도 하며 친목을 쌓았다. 모임 덕분에 학과 분위기는 화기애애해졌다. 일주일에 한 번 시간을 내는 일이 생각만큼 쉬운 일은 아니었지만, 지나고 보니 대학 생활 중 가장 잘한 일이기도 하다.

대학교에 들어가서 안 하던 공부를 하려니 막막했다. 꼴찌만은 면해야겠다는 다짐으로 시험 기간 동안 새벽부터 도서관에 자리를 맡아가며 밤낮으로 공부했다. 공부하는 방법을 몰라 정말 무식하게 책을 모조리 외워버렸다. 지금 생각해도 대단했다. 세상에서 공부가 제일 쉬웠다는 말이 이럴 때 쓰는 말일까. 1학년 첫 학기에 성적장학금을 받았다. 나 자신에게 놀라서 기절할 뻔했다.

한번 장학금을 받게 되니 자신감도 붙고 욕심도 생겼다. 시험 기간만 되면 도서관을 집 삼아 지내며 공부하기 시작했고, 그로 인해 4년 내내 장학금을 받았다. 졸업식 때에는 대표로 강단에 올라가는 영광과 함께 수석 졸업이라는 타이틀도 얻게 되었다. 대학교 때 나는 '독.한.년'으로 불렸는데 당시 모 교수님이 지어주셨다. 그 과목에서 1등을 놓치지 않는 학생들에게만 붙는 전통 같은 별명이었다. 그래도 싱거운 것보단 독해 보이는 단어라서 마음에 들었다. 그 독함은 졸업하고 다시 사회생활을 재개하면서까지 나를 따라다녔다. 국가자격증, 민간자격증을 막론하고 어지간한 자격증은 다 취득하면서 원하는 목표들을 모두 성취하고 말았다. 하고 싶은 것은 다 해야만 직성이 풀리는 성격이라 아르바이트도 다양한 직업군을 찾아다니며 경험했다. 그 경험들은 지금 내 강의에 풍부한 사례를 제공해 주고 있다.

가난한 가정에서 태어나 어린 시절부터 많은 빚을 갚아야 하는 상황에서도 꿋꿋함으로 어려운 환경을 이겨내는 사람들. 배신하고 돌아선 연인에게 보란 듯이 잘 사는 모습을 보여주려고 열심히 살아서 성공한 모습으로 복수하는 사람들. 어쩌면 우리는 태어날 때부터 저마다의 독함을 가지고 살아가고 있는지도 모른다.

갓난아이가 태어나서 걸음마를 배울 때 수만 번 엉덩방아를 찧는다고 한다. 빵빵한 기저귀를 차고 뒤뚱뒤뚱 걷다가 그대로 '꽈당!' 상상만 해도 너무 귀여운 모습이다. 그 모습을 본 어른들은 귀엽고, 재미있다며 웃겠지만, 아가들은 세상에 힘찬 발걸음을 딛기 위해 노력하고 또 노력하는 중인 것이다. 넘어지는 반복된 실패 속에서 포기하지 않고 다시 일어서는 일.

'무식이 용감하면 위험하다.'
'무식이 용감하면 몸이 고생한다.'

그래도 가끔은 그런 독함이 때론 우리 삶에서도 필요하지 않을까?

지식이 없는가?
지혜가 없는가?

이작가

나이가 들어서도 부끄러움을 모르고 살아가는 사람들을 보면 오랜 시간을 함께해도 불편하게 느껴진다. '부끄러움'이란 자랑스럽지 못하여 얼굴을 들고 다니지 못한다는 의미가 있는데, 자신의 행동이 부끄러운 것인지 모르고 무례하게 행동하여 피해를 주는 사람들이 있다. 이를테면, 남녀노소 구분 없이 마음에 들지 않는 상황이면 어떤 말도 거침없이 내뱉어 버리거나, 골목대장 놀이를 하고 싶어서

약자 앞에 서면 더 강해지는 사람처럼 말이다.

오래전 학원에서 상담 컨설턴트로 근무하며 정말 무례하고 무식한 상사를 만났었다. 새로운 직원이 들어오기라도 하면 상담실로 불러 기존 직원들을 험담하거나, 고집스럽게 자신의 의견만 옳다고 주장하며 주변의 말에 전혀 귀 기울이지 않았다. 시간이 지날수록 별것 아닌 일에 예민하게 굴며 어떤 식으로든 못마땅한 기색을 드러냈다.

"A 직원이 무슨 일이든 알려준다고 하면 귀담아듣지 마요. 차라리 나한테 물어봐. 내가 업무 경험도 더 많고 직급이 있으니까… 그 사람은 본인 일도 제대로 못하는 사람이야!"

"여기서 사조직은 절대 참여하지 마요. 늘 자기들끼리 쓸모없이 어울려 다니면서 일은 나만 해, 나만! 원장님도 나 없으면 학원이 돌아가지 않는다고 얼마나 걱정하시던지…. 나는 밤 11시가 되어도 퇴근을 못 하는 사람이야. 저 사람들하고는 다르지."

아무튼 상사의 말대로 해석하자면 다른 팀원들은 영리하지 못하고, 한심한 행동을 하는 사람들이었다. 그렇게 오랫동안 꾸준하게 입사한 직원들에게 다른 사람들을 흉보며 자신의 편을 만들려고 노력했다.

하지만 사람들은 그런 말을 듣고 난 뒤면 깊은 한숨을 내쉬며 서둘러 상담실에서 나오려고 했고 시간이 지날수록 직원들은 점차 등을 돌리기 시작했다. 말을 할 때는 그 말이 침묵보다 나은 것이어야 한다는데, 예상된 결과였다. 결국, 상담실 방 안에 고립되어서 밖으로 나오는 일은 줄었고 늘 식사시간은 혼자서 외롭게 가는 경우가 많았다.

반면 옆 팀에는 위에 언급한 상사와는 조금 결이 달랐던 분이 계셨다. 치열하게 업무가 바쁜 상황에도 변함없이 다정했다.

"그건 김 대리가 더 잘하니까 난 김 대리 업무를 도와줄게요."

"선배로서 많이 챙겨줘야 하는데, 도와주지 못해서 미안한 마음이 많아요. 나 때문에 섭섭했다면 너무 마음에 담아두지 마요."

늘 진심으로 대화하려고 노력하였고, 업무 중 어려운 점은 없는지 세심하게 귀담아 주셨다. 온종일 열심히 한 나에게 "수고했다." 말 한마디를 건네주는 날이면 앞으로도 최선을 다해야겠다는 마음이 들었다. 협업이 필요한 상황에는 직원들의 성향을 고려하여 팀을 구성하였고, 직원들 사이에서 갈등이 생길 때는 불편하지 않도록 포지션을 조율하는 등 지혜로운 모습을 보여주셨다. 그런 모습이 너무 대단하고 존경스러웠다.

늘 입버릇처럼 "자신이 없으면 이 학원은 돌아가지 않을 것"이라고 이야기하던 상사는 어떤 상황 때문인지 원장에게 배신을 당했다며 학원을 그만두게 되었다. 그 과정에서도 자신의 잘못이 없다는 것을 알리기 위해 이 사람 저 사람을 불러 변명하기 바빴다.

"이 학원 정말 이상해. 사람을 대놓고 이상한 사람으로 만들어…."

밤낮 가리지 않고 누구보다 온 힘을 다했는데 자신을 이렇게 만들었다고 모든 사람을 흉보며 분노를 참지 못했다. 일을 잘하는 사람은 찾기 쉬워도, 마음 맞는 사람은 찾기 어려운데 한 명의 직원도 그분의 퇴사를 아쉬워하지 않았다는 것이 안타까웠다.

무식無識이라는 단어를 찾아보면 "배우지 않은 데다 보고 듣지 못하여 아는 것이 없음"이라고 쓰여 있다. 무지無知와 무식無識은 조금 다르다. 무지가 "원래부터 아는 것이 없다."라는 뜻이라면, 무식은 "배우지 못해서 아는 것도 없지만, 많이 배운 사람이어도 옳고 그름을 판단하지 못한다."는 것이다. 그래서 다른 사람의 의견을 배척하거나 상황에 맞지 않는 자기중심적인 태도를 보이는 사람인 경우에도 '무식하다'는 표현을 사용한다.

스스로에게만 지나치게 매몰될 경우 역설적이게도 오히려 더 상처받기 쉽고, 외로워지기 쉽다고 한다. 주변을 둘러보고, 귀 기울이며 현명하게 살아가는 방법을 찾는 것이 필요하다. 무식하지 않은 사람이 되기 위해서 말이다.

살아가는 동안 여전히 배울 것도 많고, 가야 할 길도 멀다. 게임도 단계가 올라갈수록 어려워지듯, 삶 역시 다르지 않을 것으로 생각된다. 앞으로 그 길을 지식으로 채우는 것보다 지혜로 채우고 싶다.

열정 배분

김작가

*

무언가 명확한 결정은 아니었는데 또 꽂혔다. 해야겠다고 마음먹었다. 목표는 대학원 진학이었다. 누구나 마음만 먹으면 할 수 있는 대학원이라지만, 2017년 나는 첫째 육아와 둘째를 임신 중이었기에 남들과는 다른 상황이었다. 김혜원 하면 열정! 무식하게 열심히 하는 태도를 주변 사람들이 가끔은 이해하지 못하는 순간도 있다. 눈치도 빠른 내가 적당히 할 법도 한데 그럴 생각은커녕 스스로를 '열정과다증'이라고 단정 지어 버렸다. 그 열정과다증이 불러낸 현실이었다. 대학원 준비를 하는 동안엔 둘째를 임신 중이었으며, 출산 예정일 대략 10일 전에 면접을 보게 되었다. 배불뚝이, 뒤뚱이, 뚱뚱보가 걱정됐던 남편의 에스코트를 받으며 최대한 임산부 태가 나지 않도록 갖추고 면접을 보았다.

첫 번째 면접 질문은 "졸업 후 목표가 뭐예요?"였다. 직업이 강사인 만큼 답변은 자신 있었다. 프로페셔널한 태도와 열정적인 눈망울로 막힘없이 대답했건만, 두 번째 질문에서 직감할 수 있었다. '나를 합격시킬 생각이 없구나.'

두 번째 면접 질문은 "임신 중인 것 같은데 예정일이 언제냐.", "합격하면 육아와 공부를 병행해야 하는데 가능하겠느냐." 등이었다. 홀연히 합격하여 대학원 다니는 모습을 백번 천번 상상했었다. 나는 육아와 일을 구분할 수 있다고 생각했지만, 그땐 누가 봐도 어려운 현실이었던 걸까. 결과는 당연히 불합격이었다. 둘째 출산 이후 결과 발표가 났고, 당장 눈앞에 있는 아이 둘을 봐야 했기에 큰 타격감이 없을 줄 알았지만, 기분이 좋지만은 않았다. 지금 와서 생각해 보면, 육아와 가사 모두가 내 차지인데, 그때 대학원에 합격했었더라면 내 지나친 열정을 어디에 쏟을 수 있었을까?

* *

2017년 12월. 둘째를 낳는 순간 모든 걸 내려놓고 육아에 전념하며 3개월이 지났다. 꽃송이 둘째가 태어난 지 100일이 되었다. 그동안 출산 후 회복을 위해 열심히 노력했다. 이때 나의 과도한 열정은 '출산 후 회복'에 쏟고 있었다. 남편과 아이는 둘만 낳기로 계획했으니 큰 목표 하나를 이룬 셈이었다. 앞으로 우리 꽃송이들 건강하게 키우고, 몸 잘 추스르고, 네 가족의 일상 적응을 위해 노력할 일만 남았다고 생각했다.

둘째 100일 기념으로 맥주 한잔하던 날이었다. 출산의 흔적과 폭식으로 볼록 솟아있는 배를 보고 "엄마 배 정말 부르다." 하며 첫째가 안아주는데, "엄마 배 속에 동생 있나 봐." 하고 장난을 쳤다. 눈을 동그랗게 뜨고 신기해하던 첫째의 표정이 아직도 생생하다. 그럴 리가 없다며 웃어넘겼는데, 불현듯 스치는 불길한 예감. '어라. 뭐지? 이 느낌 임신 같은데?' 떨리는 마음으로 테스트기를 해 보니 떡하니 나온 두 줄. "셋째라니, 말도 안 돼…." 놀라 까무러칠 지경이었다. 100일 된 둘째의 자는 모습을 보며 '이렇게 예쁜 아이 하나가 더 생기는 건데 지금처럼 잘할 수 있지 않을까?' 하는 긍정의 마음도, '벌써 동생한테 사랑을 뺏겨서 어떡하지?' 하는 부정의 눈물도. 셀 수 없이 많은 생각으로 잠 못 이루는 밤이었다.

아침이 되자마자 병원으로 갔다. "느낌이 이상해서 테스트기를 해 보니 두 줄이 나왔어요. 출산한 지 얼마 안 돼서 아직 임신 호르몬이 남아있는 게 아닐까요?"라는 뚱딴지같은 질문을 던져 보니 그럴 일은 절대 없단다. 일단 진료를 보자고 하신다. 초음파를 보자마자 존재를 뿜뿜 드러내는 셋째. 그렇게 세 번째 산모수첩을 받고 집으로 돌아왔다.

'내가 할 수 있을까?'
'내가 세 아이의 엄마가 될 수 있을까?'
'내가 정말 좋은 엄마가 될 수 있을까?'

수없이 되뇌던 생각이지만, 결국 열정과다증 김혜원. 연년생 육아의 고통은 일도 모른 체 할 수 있다고 열정을 외치며 셋째를 낳게 되었다. 이렇게 당분간 출산과 육아에 빠져 이외의 모든 일은 '올스톱'을 외치며, 아이 셋의 엄마가 되어버렸다.

* * *

12월 28일. 우연도 이런 우연이 있을까. 둘째 셋째 생일이 1년 차이로 똑같다. 첫째와 둘째는 30개월, 첫째와 셋째 42개월 차이로, 나는 이렇게 42개월 만에 아이 셋 엄마가 되었다. 사실 열정과다증도 이쯤 되면 다른 무엇을 할 생각을 못 할 것이다. 42개월, 13개월, 1개월의 삼 남매는 육아의 질을 헬로 만들어 주었고 남편과 나는 눈만 마주쳐도 척척! 최고의 육아 루틴을 탄생시키며 육아 동지가 되었다.

아이 셋을 키우며 제일 먼저 습득하게 된 것은 시간 쪼개 쓰기. 그래야지만 남편과 나의 시간을 따로 또 같이 효율적으로 쓸 수 있었다. 그런 나에게 하루 중 유일하게 딱 한 시간 나로 살 수 있는 시간이 있었다. 운동을 하는 거였다. 틈만 나면 했다. 안 되는 상황에서도 어떻게든 틈을 쪼개서 기어코 운동 루틴을 만들어 냈다. 지금 생각하면 조금 '무식했나?' 싶지만, 힘든 육아와 현실을 버티게 한 힘이 되어주었다. 마음먹은 만큼 꾸준히 하기란 쉽지 않았으나 운동은 육아에 지친 나를 이끌어 주는 긍정의 에너지가 되어주기도 했다.

* * * *

2019년 12월. 막내의 첫돌이 지나며 우리 가족의 루틴도 안정적으로 되어 갔다. 아직은 안 되는데 싶었지만, 또다시 열정과 다중이 근질거리기 시작했다. 일도 하고 싶고, 배우고 싶고, 놀고 싶고, 춤도 추고 싶고… 끝도 없이 하고 싶은 마음이 들었다. 열심히 쏟아붓고 싶어서 난리가 났다. 뭘 하든 시작만 하면 해낼 수 있을 거 같았다. 목표를 찾아 몰입하고 파고들기 시작했다. 바로 17년에 존망한 대학원 입시였다. 이번엔 꼭 하고 싶었고, 해내야겠다고 마음먹었다. 이거라도 해야 '내가 살고 있구나.'를 느낄 것 같았다. 하지만 상황이 도와줄 리 없기에 현실과의 타협이 필요했다. 끝도 없는 육아와 집안일, 쪼개 쓰는 시간, 거기에 대학원까지 감당하기 위해서는 분명한 열정 배분이 필요했다. 사람마다 평생을 쓸 열정이 똑같이 주어진다면, 매 순간을 열심히 사는 사람은 금방 닳고 닳아 없어질 것 같았다. 나 또한 지금은 가벼이 넘길 수 있는 일조차도 내 손으로 하겠다며 자신을 스스로 못살게 굴지만, 이러다가 어느 순간 내 풀에 꺾여 버릴까 봐 걱정되었다. 살면서 열정을 쏟아부어야 할 때에 더 이상 남아 있지 않으면 어쩌지 하고 말이다. 그래서 남아 있는 열정을 평생 나눠 쓸 수 있도록 효율적으로 배분해야겠다고 마음먹었다. 그렇게 다시 시작된 대학원 도전! 지금 생각해도 후회 없는 결정이었다. 무식할 정도의 열정과다증이 탄생케 한 대학원 입학! 그렇게 20년도 후기 대학원 입시에 합격하게 되었다.

* * * * *

대학원을 입학하며 나의 목표는 4학기 안에 졸업하는 것이었다. 더 길어지면 내 열정이 식을 것 같았다. '반드시 이루리라!' 마음먹었지만, 대학교와는 확연히 다른 분위기였다. 일일이 알려주는 사람도 없고, 물어볼 사람도 없었다. 게다가 후기로 들어오니 동기조차 한 명 없었다. 코로나 팬데믹으로 사람을 함부로 만날 수도 없고, 맨땅에 헤딩하는 기분이었다. 읽어야 하는 논문들, 끝없는 과제와 발표까지… 이렇게 어려울 줄은 상상도 못 했다. '대학원 입학만 하면 학위 준다고 누가 그랬는가.' 하나부터 열까지 쉬운 것이 하나도 없었다. '내 직업이 강사인데, 강사 맞는데….' 과제 발표를 할 때면 강단에 서는 것보다 몇 배로 떨리고 긴장돼서 강의할 땐 먹어보지도 않은 청심환을 몇 번이나 먹었다. 그렇게도 어렵고 힘들었다. 한없이 모자란 나 자신을 못 이겨 울기도 많이 울었다. '정말이지 열정 무식 앞에 정말 무식이 당할 수 없었다.' 육아, 일, 학업까지 시간을 쪼개 쓰며 열심히 했다. 그 결과 4학기를 마치며 대학원을 졸업하게 되었다. 막내 3살 가을에 시작한 대학원을 막내 5살 여름에 졸업했다. 학위수여식 날 친정 부모님과 남편, 우리 꽃송이 삼 남매와 함께 기념사진을 찍었다. 2년을 어떻게 보냈는지 감개무량했다. 그 심정을 말로 할 수 없어 눈물이 났다. '무식한 열정과다증으로 해낸 대학원 졸업이었다!'

나의 열정은 지금도 계속되고 있다. 이제껏 겪었던 모든 일은 성적표가 매겨진 채로 '나만의 경험창고'에 차곡차곡 쌓이고 있다. A+이든 F든 성공이든 실패든 경험창고의 무게만큼 가져다 쓸 수 있는 원천이 많아진다. 그것은 어떠한 방법으로든 어떠한 모양으로든 다음으로 나아갈 힘이 되어주었다. 그 덕에 부정적인 마음보다는 '이 또한 지나가리라. 또 한 번 해 보자!' 하며 나 자신을 응원한다. 무언가를 해야 하는데 '아직은…'이라며 주저하고 있다면 본인의 경험창고를 위해 일단 시작부터 해 보라고 말해주고 싶다. 다이어트든, 공부든, 재테크든, 자기계발이든 내일부터 해야지, 다음 주부터 해야지, 1일부터 해야지, 내년부터 해야지가 아니라 지금부터 시작해 보라고, 그리고 시작했다면 열정을 다해서 열심히 임하라고 꼭 말해주고 싶다.

단, 시작했다면 어떤 결과가 기다리든 완성작이 될 수 있도록 끝까지 열정 배분 잘해보기!

[무식]에 관한 당신의 이야기를 들려주세요.

Ep. 3

터닝포인트

인생이라는
롤러코스터를
타고

아이러니

홍작가

사람을 잘 믿지 않는다. 아니, 정확하게 말하면 모든 면에서 의심이 많다. DISC나 MBTI, 아니 혈액형별 성격도 믿지 않는다. 그래서 그 분야 이론을 잘 알고 있는 강사임에도 불구하고 그 분야 강의는 하지 않는다. 성격은 상대에 따라, 상황에 따라, 환경에 따라 충분히 통제와 변형 가능한 요소라고 생각하기에 누군가의 성격을 하나로 단정 짓는 것 자체가 어렵다. 어쩌면 성격유형분석 결과마저도 일부는 본인들이 의식하고 만들어 낸 결과가 아닐까?

어느 날은 점을 보러 갔는데 한 무속인이 내게 이런 말을 했다.
"언니는 어차피 내가 하는 말 믿지도 않을 거면서 왜 왔어? 그냥 언니 생각이 맞는지 아닌지 확인하고 싶어서 온 거잖아?"
그 무속인 말이 맞다. 나의 의심은 그들의 세계라고 다를 게 없다. 사주는 단순히 데이터일 뿐이고, 그게 어쩌다 잘 맞다 하더라도 그냥 신기한 게 전부다. 나 역시 직업 특성상 사람들을 많이 만나다 보니 이젠 반 보살이나 다름없을 만큼 상대방에 대한 스캔 능력이 꽤 뛰어난 편인데, 그들도 그냥 그 정도겠거니. 그걸 알고 있음에도 호기심 삼아 매년 신년운세를 보러 간다. 이유는 단순하다. 왜냐면 재미있으니까! 그런데 아이러니하게도 내 신년운을 봐주던 그 무속인이 "어차피 내 말은 믿지도 않을 거면서 왜 왔냐?"고 하는 그 말에 깜짝 놀라 하마터면 그 점쟁이 아니, 무속인의 말을 믿어버릴 뻔했다.

사실 처음부터 사람을 잘 믿지 않거나 의심을 많이 하는 성격은 아니었다. 사람 믿기 대회가 있었다면 순위권 안에는 무조건 들었으리라 장담할 만큼 사람을 잘 믿었다. 엄마가 암 투병 중인데 수술비 정산금액이 부족하다고 울면서 전화해 돈 빌려 간 친구, 오늘 방값 내는 날인데 월급이 아직 안 들어와서 내일모레 월급 들어오면 주겠다고 방값 좀 빌려달라던 친한 오빠, 지갑을 깜빡하고 안 가져왔다고 집 가면 줄 테니 술값 좀 대신 결제해달라던 옆 테이블의 회사 동료. 물론 그 돈들은 당연히 받지 못했다. 결론은 나의 이 의심병과 사람을 잘 믿지 못하는 버릇은 내 곁을 스쳐 지나간 인간관계에 의해 학습된 후천적 성격이란 얘기다.

제3자의 눈에 비친 내 인생은 어떨까? 학창시절부터 나의 곁을 지키고 있는 내 절친 은정이는 내게 이런 말을 한 적이 있다.

"성미야, 네 인생에는 어떻게 지름길이 하나도 없냐. 진짜…."

그 말을 듣는데 머릿속엔 단 두 글자만 떠올랐다. '젠장….'

남의 눈에는 어떻게 보일지 모르겠으나, 친구의 말대로 내 인생 모든 순간은 순탄함이란 없는 롤러코스터였다. SNS로 보면 희극이고, 직접 들여다보면 비극이 천지빼까리인 게 인생이라나? 내 삶도 다르지 않았다. 특히 20대가 되면서부터는 롤러코스터에 가속도까지 붙어 더욱이 지루할 틈 하나 없는 레일 위를 달렸다. 신기한 것은 상승지점과 낙하지점에 항상 사람이 있었다. 사람 덕분에 꽃밭도 구경해 봤다가, 사람 때문에 암흑 길도 걸어봤다가.

결론부터 말하자면, 지금껏 내 삶에서 일어난 일 중 쓸모없는 경험은 하나도 없었다. 저마다의 시간 속에서 매번 새로운 것들을 얻고, 깨달아가며 여기까지 왔다. 그 시간을 걸어 나올 때마다 똑같이 느낀 한 가지는 바로 '사람을 믿지 말자.'였다.

'믿지 않는다.'라는 말의 반대말이 '싫어한다.'는 아니다. 하지만 사람들은 좋아하면 믿어야 한다고 생각하고, 믿지 않으면 좋아하지 않는다고 생각한다. 믿지 않는다는 것은 그 사람에게 다른 어떤 것들을 기대하지 않겠다는 의미일 뿐, 그 이상도 이하도 아니다. 그렇게 생각하면 누군가에게 실망하는 일도, 누군가에게 상처받는 일도 확실히 줄어든다. 돈을 빌려 갔으니 분명 갚을 거라는 믿음, 이 사람은 무조건 내 편이라는 믿음, 이 비밀은 끝까지 지켜질 것이라는 믿음. 이 모든 믿음은 상대가 아닌 결국 나의 기대에서 나오는 감정일 뿐이다.

그 깨달음을 얻기까지 많은 베타테스트의 시간이 걸렸다. 믿음을 줄이면 상처받는 일이 적어진다는 확신이 생긴 지금은 상처받지 않으려고 누구도 믿지 않는다. 그리고 나를 지키기 위해 의심(나에게 의심이란, 의도를 정확하게 파악하기 위해 한 번 더 생각하는 행위)하는 버릇이 생겼다.

사람을 너무 좋아하던 20대의 나는, 아이러니하게도 사람을 믿지 않고 의심하는 30대를 살고 있다. 그로 인해 나의 인간관계는 아주 많이 좁혀졌지만, 좋은 게 있다면 그 덕에 굳이 만나지 않아도 되는 사람들과의 관계를 위해 불필요하게 낭비해버린 나의 돈과 시간과 에너지를 이제는 많이 지킬 수 있게 되었다는 점이다.

인간관계는 넓히는 것이 아니라, 잘 좁히는 것이라고 한다. 인간관계에 관한 생각이 많이 달라진 지금의 나 역시 무작정 관계를 넓히려 애쓰지 않는다. 그저 보이는 모습과 조건에 관심을 보내는 불특정 다수보다 진짜 나를 응원하고 격려해 주는 소수의 사람들이 더 소중하다는 것을 알고 있기 때문이다.

행복은 더 많은 것을 누릴 때 오는 것이 아니다. 진짜 행복은 더 이상 제거할 불편 요소가 없을 때 찾아온다. 많은 사람이 나와 함께해 줄 때보다, 나를 불편하게 만드는 사람이 단 한 명도 없을 때. 그때 비로소 내 인간관계는 완벽해진다고 믿는다.

연연하지 말고 최대한 단순하게. 의존하지 말고 최대한 의연하게. 그래서 나는 요즘 인간관계를 잘 좁혀나가는 연습을 하는 중이다

상처받지 않으려고, 그리고 상처 주지 않으려고.

Here and now

류작가

인생은 돌고 돈다. 꽃이 피고, 지고, 다시 또 피어나듯이.

내 삶도 역시, 얻었던 순간과 내려놓아야 하는 순간의 연속이었다. 타인이 소유하고 있는 것을 부러워하며 괜한 나의 삶과 비교한다는 것은 어리석은 일이다. '오롯이' 자신만의 길을 걷는다면 쓸데없는 고민들, 불필요한 에너지 낭비를 줄일 수 있을 텐데 말이다.

등산 경험이 있다면 알 것이다. 산에 오르는 것보다 정상에서 만세를 부른 후 다시 출발지점으로 되돌아가는 것이 더 힘들다. 정상까지 올라가는 동안에는 젖 먹던 힘까지 써가며, 최종 목적지만 향해 나아가지만, 그 목표를 이룬 후 하산할 때면 다리에 힘이 풀려 넘어지기 십상이다.

우리는 이 세상을 살아가면서 목표 지점에 이르기까지 다양한 방법들을 찾고 갖은 노력으로 타인과 경쟁하며 치열하게 살아가고 있다.

'어떻게 하면 조금이라도 쉽게 원하는 것을 가질 수 있을까?'

'이 일을 수월하게 해결하기 위해 얼마의 돈과 시간이 필요할까?'

그러나 정작 내려오는 방법은 누구 하나 알려주는 사람이 없다. 원하는 것을 얻고 난 후의 일은 아무도 생각하지 못한다. 그저 그 순간이 영원할 것이라고만 생각한다. 나 또한 그랬다. 다시 제자리로 돌아가는 길을 한 번도 생각해 본 적이 없었기에 그 길이 얼마나 힘든지 가늠할 수 없었다. 그렇기에 줄곧 1등만 했던 사람이 2등 한번 했다고 세상 다 포기하듯 억울해하는 것을 이해하지 못했다. 올라갈 때도 힘들었지만, 내려올 때는 말로 표현할 수 없을 만큼 더 많이 힘이 든다.

나는 요즘 내려놓음을 훈련하고 있다. 지난 수년간 정말 앞만 보고 달린 것 같다. 일에 대한 성취감, 물질에 대한 풍족함, 관계에 대한 소유욕들을 마음에 품고 그것들을 쟁취하기까지 온갖 노력을 다했다. 결국 내가 계획한 목표는 다 이루었다. 그리고 원하는 것을 다 갖게 되었다. 그러다 보니 이제 더 이상 올라갈 곳이 없음을 느끼게 되었다. 누가 들으면 세상 모든 것을 다 가진 사람처럼 보일 수 있겠지만 자신만의 목표치는 사람마다 다르다. 원하고 바라는 방향도 제각각일 것이다.

작년까지 계획한 모든 것을 다 끝마치다 보니 올해 들어서 지금 서 있는 이 자리가 상당히 어색해지기 시작했다. 이제는 후배들에게 물려줘야 할 그 자리. 영화로운 왕관도 물려줘야 하고 금은보화 역시 물려줘야 하는 그 시점이 어색하기 짝이 없었다. 원래는 내 것이었는데 다른 사람의 손에 들려 있다는 자체만으로도 인정하기 쉽지 않았다. 되돌아가서 생각해보면 그것은 처음부터 내 것이 아니었다. 다른 사람이 누렸던 것이 잠시 나에게 온 것이고 또다시 다른 누군가에게 흘러가야 하는 것이다. 도대체 그게 뭐라고 노심초사하면서 전전긍긍했는지 모르겠다. 그래서 이 세상 모든 것은 돌고 돈다는 말이 있나 보다.

출장을 다니다 보면 한적한 도로에서 로드킬 장면을 자주 목격하게 된다. 어디서 숨어있다가 나타났는지 모를 까마귀들이 한순간에 몰려든다. 빠르게 지나가는 차들을 피해 하늘 주변을 빙빙 돌다가 차가 잠시 없어지면 도로 위에 쓰러져있는 죽은 동물의 살을 뜯어 먹으려고 다시 쏜살같이 모여든다. 다른 새들보다 한 입 더 먹으려고 위험을 무릅쓰고 달려드는 까마귀들을 보면서 지나온 나의 삶들이 떠오른다. 무엇이 중요한지도 모르고 무엇이 위험한 상황인지도 망각한 채 단지 눈앞에 보이는 것만을 얻기 위해 달려가던 나의 모습들이 철없어 보이기도 하고 한편으로는 딱해 보이기도 한다. 열정만 가득한 채 무모한 도전을 이어갔던 것 같다.

마치 눈앞의 것만 생각하는 어린아이의 순수함 같기도 하다. 자신의 품에 장난감을 한가득 안고 있으면 엄마가 주는 새로운 사탕을 받을 수가 없듯이. 손에 쥐고 있는 것을 놓아야만 새로운 기회를 얻을 수 있다는 것을 왜 그때는 알지 못했을까?

나는 인생을 살아가면서 소소한 터닝포인트를 많이 경험했다.

- 죽고 못 살던 친구들과 절교하고 새로운 친구들을 사귀던 일.
- 일본에서 살겠다며 야심 차게 유학을 떠났지만, 2년 만에 다시 한국으로 돌아온 일.
- 멋모르고 주식에 들어가서 원금 회복할 때까지 기다리며 가슴 쓸어내렸던 일 등등.

딱히 하나만 떠오르는 키워드는 없는 것 같다. 터닝포인트는 거대한 사건이 아닌 사소한 것에서부터 발생하기도 한다. 직장을 이직한다든가, 주변 인맥들의 변화가 있다든가, 환경이 바뀔 때 느낄 수 있는 것들이다.

수도 없이 이 길, 저 길을 돌아다니다가 '이 길이 아닌가?' 싶으면 다시 돌아오면 된다. 넘어져도 다시 일어나서 걸어가는 훈련을 반복하다 보면 어느새 조금 나은 평지 위를 내딛게 될 것이다. 그러다 보면 '또 한 번 배웠구나!'를 외치는 날이 온다. 삶의 어떠한 순간들이 나를 힘들게 해도 그것을 오히려 성장의 발판으로 삼으면 거뜬히 일어서게 되는 든든한 힘이 생긴다.

내려놓고 나니, 사실 별거 없더라. 많이 갖고 있을 때는 품 안의 것을 빼앗길까 노심초사하며 불안했는데 오히려 지금은 그 안에서 느껴지는 편안함이 더 안정감을 가져다주었다.

무엇을 위해 그토록 아등바등하면서 살았던가. 이제 여유를 갖고 하늘을 보며 깊은 심호흡을 내쉬어 보자. 앞만 보고 숨 가쁘게 달려온 이 길. 이젠 나를 위해 살자. 그리고 분명 다시 오르막길이 펼쳐질 테니 충분히 숨을 고른 후에 다시 달려갈 준비를 하자.

지금부터가 다시 펼쳐지는 나의 제2의 전성기이고 새로운 터닝포인트 시작이다.

삶을 더 편안하게 만들어준 '결혼'

이작가

결혼하기 좋은 나이는 몇 살일까? 우리나라의 평균 결혼 연령이 남자는 만 32.2세, 여자는 만 29.6세라고 한다. 절반 이상이 이렇게 생각한다던데 나는 만 25세에 첫 결혼 생활을 시작했다. 친구들과 모임이 있는 날에는 가끔 한숨을 푹 쉬며 말하기도 했었다.

"우리는 왜 이렇게 일찍 결혼했을까?"

나의 어릴 적 꿈이 현모양처도 아니었는데 말이다. 모아놓은 돈도 없었고, 살림도 못하고, 입었던 옷 하나도 제때 정리하지 못하는 내가 결혼을 해서 살고 있다는 것이 아이러니했다. 아무리 생각해도 긍정적인 답이 떠오르지 않았지만, 한 가지 확실한 것은 결혼은 나의 삶을 더 편안하게 만들어줬다.

처음부터 그랬던 것은 아니다. 결혼 후 가장 첫 번째 고민은 남편과 나의 끼니를 함께 챙겨야 한다는 것이었다. 시집가기 전 직접 밥을 차린 횟수는 손으로 꼽을 정도로 적었기 때문에 요리 실력이 좋을 수 없었다. 하루하루가 고민이었다. 지금은 유튜브에 검색만 하면 쉽고 자세한 조리법들을 볼 수 있었지만, 그땐 엄마에게 전화를 걸어 들을 수 있는 조리법이 전부였다.

"간장 휙 두르고, 설탕 적당히, 마늘 조금."

엄마는 프로였다. 어떤 요리도 간단하다고 얘기하는데 전혀 그렇지 않았다. 전교 1등 모범생에게 공부 잘하는 비법이 뭐냐고 물어보면 교과서 위주의 예습, 복습이었다는 것처럼 말이다. 엄마의 말만 듣고 요리를 하려고 하니 어려운 부분이 많았다. 간장을 '휙' 두르는 것은 어떤 모양으로 둘러야 하는지, 적당한 설탕의 양은 어느 정도를 말하는 것인지 이해하지 못했다. 그렇게 어설픈 요리로 우리는 나름의 결혼 생활을 보내왔다.

어떤 날은 각자가 살아온 습관과 방식이 달라서 티격태격 싸우기도 했다. 원래 '결혼'이란 것은 '서로 다른 사람이 만나서 하나가 되는 것'이 아닌가?

'결혼식장의 마지막 인사도 하나가 된 신랑 신부에게 박수를 보내며 마무리가 되었던 것 같은데….'

힘들 때 서로 버팀목이 되어주는 것이 가장 이상적인 모습이겠지만, 생각보다 쉽지 않았다. 행복해지려고 한 결혼 생활이 힘겹게 느껴졌던 날들도 있었다.

그런 날들이 오래 이어지다 지나갈 때쯤 여느 부부들처럼 함께 밥을 먹고, 드라마를 보고, 일상을 나누는 것이 어느새 익숙해졌다. 가끔 우리는 밤의 공기를 맡으며 길을 따라 걷기도 하고, 선선한 바람이 부는 날에는 커피 한 잔을 들고 많은 대화를 나누기도 했다. 그리고 그 안에서 겹겹이 쌓였던 오해도 풀고 서로를 이해하려고 노력했다.

"자기는, 나 아니었으면 장가 못 갔지."
"자기도, 나 아니었으면 시집 못 갔지."

우스갯소리로 했던 이야기지만 점점 존재 자체로 충분하다는 것이 어떤 의미인지 이해할 수 있었다.

매일매일 똑같게만 느껴지던 우리의 생활이 좋아졌다. 각자의 역할에서 작은 기쁨을 찾기도 했다. 나는 그렇게 결혼이라는 것을 통해 작은 일상의 즐거움을 느낄 줄 아는 사람이 되었다. 내가 만든 요리와 우리의 공간들, 서로가 나누는 대화의 방식들까지 모든 것이 천천히, 꾸준하게 변해갔다.

〈시그널〉, 〈킹덤〉 등의 작가 김은희의 남편 장항준 감독을 잘 알 것이다. 스타 작가 김은희를 만나고 '신이 내린 꿀 팔자'라는 수식어까지 붙게 되었다. 주변에서는 늘 잠만 자는 줄 안다고 할 정도로 꿀 팔자를 사는 것 같지만, 가끔 반전의 허를 찌르는 얘기를 한다.

"부부는 중요한 게 같아야 한다. 웃는 포인트가 같으면 인생이 즐겁고 울거나 분노하는 포인트가 같아야 하는 것은 세계관이나 이데올로기가 같은 궤를 갖고 있다는 거다."

결혼 13년 차를 보내면서 가장 공감되는 말이었다. 부부는 상대의 직업으로, 시부모의 재산으로 만들어지는 인연이 아니라는 것을 느꼈기 때문이다.

가끔 결혼 상대에 대한 고민을 신중하게 따지는 질문들이 인터넷에 올라온다.

"남자가 대출 3억에 5.4%의 삶을 살고 있다는데 이 남자 괜찮을까요?"
"여자가 직업은 좋은데 외모가 너무 부족해요. 이제는 눈을 낮춰야 하는 걸까요?"

결혼 상대자로 선택해야 하는 이유를 찾는 것이 아닌, 선호하는 조건들을 더 많이 찾는 것처럼 보였다. 하지만 그보다 더 중요한 것들이 있다.

'결혼은 서로 다른 두 남녀가 만나서 하나가 되는 것'이 아니었다. 서로 다른 각자 본연의 모습을 지지해 주는 가까운 사람이 생기는 것이 결혼이었다. 그 과정에서 조금 다른 나의 모습을 발견하기도 한다. 때론 아무 소용없는 일들을 열심히 할 수 있게 만들기도 하고, 어이없는 상황에 웃음이 지어지게도 한다. 화려하거나 대단하지 않아도 행복할 수 있다는 것을 알려준다.

그렇게 나에게는 13년 전 한집에 사는 좋은 사람이 생겼다.

효녀

김작가

내 인생의 터닝포인트 한 가지는 분명했다. 바로 '세 아이의 출산'이다.

태어나서 삼십 년 동안은 자식의 입장과 역할만 알았다. 그랬던 내가 아이 하나, 아이 둘, 아이 셋을 낳고서야 비로소 부모님의 마음을 조금은 이해할 것 같다. 예전에 TV의 한 프로그램에서 시한부 판정을 받은 어느 엄마의 사연을 본 적이 있다. 1초라도 더 살기 위해 안간힘을 쓰는 모습에 많은 눈물을 흘렸었다. 이 세상에 엄마도 없이 남겨질 아이가 안쓰러웠다. 하지만, 엄마가 되어보니 입장이 조금 달라졌다. 눈에 넣어도 안 아플 내 자식이 커가는 모습. 학교에 입학할 때, 취직할 때, 결혼할 때, 금쪽같은 자식을 낳을 때… 엄마의 품이 유일한 순간들… 그 모든 시간을 함께하지 못하고 떠나야 했던 엄마가 눈을 감을 수나 있었을까… 싶다. 이렇게 부모님의 마음을 조금씩 알아가는 것 같다. 부모님의 사랑, 부모님의 위대함, 부모님의 소중함. 그저 사랑받는 자식의 입장으로만 살아오던 나에게 부모라는 역할은 많은 것들을 변화시켰다.

아침부터 삼 남매의 등원 준비로 한바탕 전쟁을 치렀다. 쳇바퀴 돌 듯 똑같은 하루. 잠에서 일어나는 순간부터 엄마를 찾는 아이들과 내 손이 닿아야만 하는 일들. 한 번씩 머릿속으로 계산해 봐도 끝이 안 보이는 일들이다. '언제까지 이렇게 힘이 들까?' 싶다가도, 언젠가 품에서 떠날 아이들 생각을 하니 벌써 허전함이 느껴진다. 힘들다면서도 당장 이렇게 유치원만 가도 금세 보고 싶어지니 말이다. 정말 아이러니하고 신기한 마음이다. 홀가분한 마음으로 유치원을 돌아 나오는데 무덥던 여름이 지나긴

한 모양이다. 조금은 시원한 바람에 머리카락이 흔들렸다. 머리카락을 정리하려고 고개를 들었더니 맑고 예쁜 하늘이 한눈에 들어왔다. 순간 훅 다가오는 가을이 느껴졌다.

'원래 하늘이 이렇게 예뻤나?'
'원래 나무가 이렇게 푸르렀나?'
'하… 힘들다 힘들어. 엄마 보고 싶다….'

순간 여행이 떠나고 싶었다. 제일 먼저 생각나는 사람, 언니에게 전화를 걸었다. 기다렸다는 듯 바로 오케이를 한다. 다음으로는 엄마에게 전화를 걸었다.

"엄마, 우리 모녀들끼리 여행 한번 갈까?"

너무 좋아하신다. 웬일인가 싶었다. 나의 부모님은 소문난 잉꼬부부여서 뭐든 함께하시는데 아빠가 없는 여행을 엄마가 가시겠다는 것이 의외였다. 여기에 우리 집 귀남이까지 함께한다면 여행 내내 우리 엄마 입꼬리가 귀에 걸려있을 게 뻔했다. 귀남이는 워낙에 바쁘다며 선 긋는 스타일이라 이야기를 꺼내는 자체가 부담이었는데, 남동생도 한 번에 오케이를 한다. 오~ 시작이 좋다!

코끝으로 바람 냄새가 느껴진다. 가을 냄새다. 유난히 하늘색이 예쁜 계절. 춥지도 덥지도 않은 온도, 기분이 설레고 들떴다. 이런 가을 하늘 아래 사랑하는 가족과 여행한다는 것은, 상상만으로 이미 행복한 기분이었다. 여행은 참 그런 것 같다. 계획하는 순간부터 여행이 시작되는 느낌이다. 정해놓은 출발 날짜를 기다리는 것은 정말 행복한 일이다. 날짜가 다가오며 본격적으로 여행 준비를 시작했다. 드디어 떠나기 일주일 전이다!

늦은 오후 아빠에게 전화가 왔다. 몇 번을 함께하자고 말씀드려도 너희끼리 다녀오라던 아빠의 의견이 바뀌었다. 갑자기 간다고 하신다. 안 봐도 재밌을 이 여행을 지켜보고만 있을 순 없으셨나 보다. '결국 그러실 거면서….' 이미 여행 계획과 예약이 모두 끝났던 터라 함께 가면 더 좋을 걸 알면서도 괜히 몇 마디 툴툴거렸다.

말도 안 돼! 이게 무슨 하늘의 장난인가. 여행 가는 동안 삼 남매를 봐주기로 했던 남편의 일정이 바빠지기 시작했다. 정말 타이밍 죽인다. 홀가분한 여행은 개뿔. 줄줄이 딸린 나의 삼 남매까지 포함되어 4명이 가기로 했던 여행은 8명이 되어 떠나게 되었다. 출발이 일주일도 남지 않은 시점, 교통부터 숙박까지 모든 것을 다시 계획해야 했다. 아이들 없이 심플하게 계획했던 여행이었으나, 아빠의 삼 남매와 나의 삼 남매까지 카니발 9인승이 꽉꽉 차는 여행이 되었다.

드디어 디데이! 출발하기 전, 짐을 챙기는데 설레는 마음이 가라앉지를 않는다. 내일부터 시작되는 여행 생각에 가슴이 두근거렸다. 늘 계획적인 아빠와 여행할 때면 수련회보다 더 빡빡한 일정을 소화해야 했는데, 이번 여행의 콘셉트는 무계획이다. 처음이었다. 무계획으로 떠나는 여행에는 또 다른 '묘미'가 있었다. 여행만으로도 좋은데 한가하고 여유롭기까지 하니 더할 나위 없었다. 계획형 아빠도 여유로운 이번 여행이 편한 눈치셨다. 지나가다 예쁜 카페가 있으면 차 한잔 마시며 이야기도 나누고, 예쁜 꽃밭이 있으면 추억 사진도 듬뿍 남겼다. 여행 내내 날씨는 왜 이렇게 좋은지, 모든 것이 완벽했다. 이 박 삼 일 내내 우리 아빠 엄마 웃음이 끊이질 않는다. 똥강아지 삼 남매의 재간까지 자체가 행복이었다. 이번 여행에 함께하지 못한 형부와 남편이 마음에 걸렸지만, 친정 부모님과 형제 삼 남매, 그리고 나의 삼 남매까지 함께하는 여행은, 의미가 남다르게 다가왔다.

여행을 마치고 집으로 돌아왔다. 이번 여행은 유독 여운이 강하게 남았다. 가족 카톡 방에 사진을 전송하며 추억을 공유하던 중 아빠의 메시지 한 줄에 눈물이 핑 돌았다.

"너희들 덕분에 행복했다. 아빠 일하는데 아른거려서 일이 손에 안 잡힌다. 편히들 쉬거라."

효도. 정말 쉬운 거였어. 조금 더 일찍 해드릴걸. 조금 더 많이 표현할걸. 가만히 생각해도 '부모님'이란 세 글자는 살아가는데 큰 힘이 된다. 존재 자체의 위력이다. 이렇게 삼 남매를 낳고 키우며 내가 받은 사랑을 몸소 느끼게 된다. 이번 여행은 자식으로서의 나와 부모로서의 내가 공존했다. 나의 삼 남매가 재롱떠는 모습에 모두가 즐거웠고, 아빠의 삼 남매가 똘똘 뭉쳐있으니, 부모님께서 흐뭇하게 바라보신다. 내가 엄마이고 부모가 되었다는 것은 내 인생의 제대로 된 터닝포인트다. 그 덕분에 받기만 했던 사랑을 깨닫게 되었고, 더 늦기 전에 부모님께 받은 사랑을 배로 돌려 드리고 싶다는 '인생의 목표'가 생겼다.

아직도 잠들기 전, 핸드폰에 있는 사진을 자주 본다. 남는 건 사진이라는 말이 이런 거겠지. 셀 수도 없이 많은 사진 중 가족들의 사진이 소중해진다. 우리 식구는 시부모님과 함께하는 시간도 많다. 아버님 어머님께서 아이들에게 주시는 사랑의 크기는 어떤 말로도 표현이 안 된다. 나는 일부러라도 함께 다니는 시간을 자주 만든다. 그리고 틈만 나면 사진을 찍어댄다. 어떤 눈빛과 어떤 표정으로 평생 아들과 삼남매를 바라보셨는지 그리고 지지해 주셨는지를 언제든 꺼내어 볼 수 있게 기록하고 싶고 기억하고 싶어서다. 이렇게 울게도 웃게도 만드는 사진 속 추억이 애틋하다. 내 얼굴의 시간만 흐르면 좋겠다. 나 혼자만 나이 먹고 싶다. 나는 늙어도, 귀여운 우리 아이들과 소중한 부모님의 시간은 더디게 흘러주면 좋겠다. 어느 날 친정엄마께 "엄마 왜 이렇게 시간이 빨리 가지?"라고 물으니 "엄마 나이 되면 더 빨리 가."라고 대답하신다. 소중한 것들, 아쉬운 것들이 점점 더 많아져서일까. 함께하는 시간이 영원할 리 없지만 그랬으면 좋겠다.

'시간아, 시간아, 천천히 가라. 우리 애기들 더 많이 안아주게.'

'시간아, 시간아, 천천히 가라. 우리 부모님 더 많이 안아드리게.'

이렇게 김 효녀는 마음먹었다.

더 많이 효도하기.

더 많이 찾아뵙기.

더 많이 함께하기.

더 많이 안아드리기.

[터닝포인트]에 관한 당신의 이야기를 들려주세요.

Ep. 4

인연

시절인연,
우주 속에서
두 마디 이상
나눠 본 사람

끝날 때까지 끝나지 않는

홍작가

지금부터 아래 4가지 물음에 따라 한 사람을 떠올려 보자.

1) 당신의 인생에서 가족, 연인, 친척, 학창시절 친구를 뺀 가장 오래된 인연은 누구인가?
2) 그 사람과는 어떻게 인연이 되었는가?
3) 그 사람과 얼마나 오랫동안 인연을 이어오고 있는가?

4) 지금은 얼마나 자주 연락하며, 어떤 사이로 지내고 있는가?

어느 날 문득, "나에게 가장 특별한 인연은 누구일까?"라는 생각에 빠져 한참이나 시간을 쓴 적이 있다. 이런 질문을 던지면 누구나 그렇듯 당연히 가족 또는 지금 내 곁에 있는 배우자나 연인을 먼저 떠올리겠지만, 뻔한 답이 싫었던 나는 답안지에서 그들을 빼기로 했다. 그리고 그 질문을 조금 바꿔 다시 한번 생각해 보았다. 내 삶에서 가장 오랜 시간, 그러니까 적어도 10년 이상 끊기지 않고 연을 이어가고 있는 사람이 과연 몇 명이나 될까? 아쉽게도 지금 나와 자주 교류하며 살갑게 지내는 사람 중 가족을 빼고, 친척을 빼고, 학창시절 친구들을 빼고 나니 오랜 시간 관계를 유지하고 사는 사람이 딱히 많지 않았다.

불과 2~3년 전까지만 해도 그렇게 자주 만나고 교류하던 사람이 지금은 내 곁에 없는 경우도 있고, 한때는 이런저런 비밀을 나누며 죽고 못 살던 동네 언니도 몇 년 전 이사 간 후 점점 소식이 뜸해져 이제는 생일에나 겨우 안부를 묻는 딱 그 정도의 사이가 되었다. 그렇게 시간은 흘렀고, 내가 가깝다고 말하는 지인들의 라인업은 자연스럽게 몇 번쯤 희석되기도, 또 물갈이 되기도 했다. 아이러니한 것은 나에게 가까운 사람들이 바뀌어 가는 과정 속에서 그렇다 할 트러블이나 이벤트가 매 순간 있었던 것도 아니라는 점이다. 겨울이 지나 따뜻한 봄이 오고, 꽃이 떨어지면 자연스레 싹이 돋아나듯 그 모든 과정이 정말 자연스러웠다. 누군가와 멀어지고, 또 새로운 누군가와 가까워지는 것마저 알아차리지 못할 만큼.

사람과 사람 사이의 연을 견고하게 만들어주는 데에는 시간이란 녀석이 분명 필요하지만, 오랜 시간을 함께해 왔다고 더 단단하거나, 또 짧게 알아 왔다고 깊이가 없는 것은 아니다. 짧지만 깊었던 사람도, 길었지만 잔잔했던 사람도, 그리고 더러는 잔잔하고 짧았던 사람도 있었다.

서로에게 필요한 존재일수록 관계는 더 오래 유지된다는 이야기를 어디에선가 들은 적이 있다. 사랑보다 더 사람 사이를 끈끈하게 만들어주는 것이 필요에 의한 관계라나? 그런데 나에게는 어떠한 득과 실의 관계가 아님에도 불구하고 아주 오래된 연이 있다. 그 인연은 아르바이트로부터 시작됐다.

나는 고등학교 2학년 때부터 아르바이트를 했다. 그때 나의 아르바이트 목적은 용돈이었고, 용돈의 사용처는 핸드폰 통화료, 그리고 친구들과 노는 데 필요한 여가비 정도였다. 그해 봄, 갑작스레 암 진단을 받게 된 엄마는 항암치료를 위해 하시던 일을 모두 정리하셔야 했다. 집에서 병원까지 두 시간이 넘게 걸리는 그 먼 거리를 오가며 입원과 퇴원을 반복하시는 엄마에게 용돈을 달라는 말을 차마 할 수가 없었던 나는 차라리 아르바이트를 택했다.

당시 하루 서너 시간 일을 하면 한 달에 20만 원 남짓 벌었던 것 같은데, 그때는 그 돈도 꽤 크게 느껴졌다. 그래서인지 아르바이트는 별로 힘들지 않았다. 하지만 엄마는 병원 생활이 힘드셨던 걸까, 결국 내가 고등학교 3학년이 되던 해 가을, 우리 삼남매를 두고 몇 년 전 먼저 하늘나라로 가신 아빠를 따라 먼 여행을 떠나셨다. 그리고 나는 몇 달 후 대학생이 되었다.

내 나이 스무 살. 태어나 처음으로 고향을 떠나 낯선 곳에 살게 된 나는 버스노선도, 동네 지리도 모르면서 아르바이트 자리 먼저 찾아 나섰다. 어느 날 갑자기 가장이 되어 동생 둘을 책임져야 하는 언니에게 짐이 되고 싶지 않았다. 다행히 부모님께서 물려주고 가신 약간의 재산 덕분에 등록금이나 살 집에 대한 걱정은 없었다. 그래도 이제 성인이 되었으니 용돈 정도는 내가 벌어서 쓰고 싶었다.

대학교 수업 외 시간에 일해야 하다 보니 시간상 마땅한 자리는 호프집이나 편의점이 전부였다. 하지만 편의점은 동이 틀 때까지 일해야 했기에 하는 수 없이 호프집으로 알아봤다. 그 당시 같은 학과 친구가 호프집 아르바이트를 했었는데 너무 힘이 들어 3일 만에 관뒀다는 이야기를 들은 적이 있었기에 아르바이트 장소를 고를 때에도 잔꾀를 부렸다.

- 번화가 중심에 있는 호프집은 피할 것.
- 규모가 큰 호프집은 피할 것.
- 평소 손님이 많고 늦게까지 운영하는 호프집은 피할 것.

아르바이트 고르기 리스트가 어이없긴 하지만, 그래야 내 몸이 힘들지 않게 오랫동안 돈을 벌 수 있을 것 같았다. 그렇게 고르고 고른 곳은 궁동 로데오거리 초입에 있는 '리치'라는 작은 호프집.

아르바이트생은 달랑 나 혼자. 사장님과 나는 함께 홀에서 서빙을 했고, 사모님이 주방에서 안주를 담당하셨다. 출근 시간은 오후 6시였지만, 5시 20분까지 가면 사모님이 해 주시는 맛있는 저녁을 공짜로 얻어먹을 수 있었기에 나는 웬만하면 일찍 출근했다. 사모님 음식 솜씨는 꽤 뛰어났다. 뭐든 잘 먹는 나를 딸처럼 예뻐하시며 내가 먹고 싶다는 것은 무엇이든 뚝딱뚝딱 해 주셨다. 그때마다 요리 솜씨가 좋았던 엄마 생각이 났다. 엄마가 돌아가신 지 1년이 채 되지 않은 시점이었기에 엄마 음식이 많이 그리웠다. 사모님은 그런 나를 위해 집에 가서 언니, 동생과 나눠 먹으라며 반찬도 더러 싸 주셨다.

그곳에서 일하는 동안 사모님과 정이 많이 들었다. 출근하면 그날 학교에서 있었던 일부터 시작해 시시콜콜 모든 이야기를 조잘거렸고, 남자친구가 생기면 남자친구 이야기도 비밀 없이 다 털어놓았다. 신메뉴가 생기면 사모님은 늘 내게 1번으로 먹여 주셨고, 추가 아르바이트생을 채용할 때에도 내 의사를 가장 먼저 물어보셨다. 엄마가 아닌 다른 사람이 생일 미역국을 끓여

준 것도 사모님이 처음이었다. 비록 사모님은 엄마보다 10살이나 어렸고, 나는 사모님 따님보다 10살이나 많았지만 우리는 많은 부분에서 엄마와 딸 같은 사이로 지냈다.

사실 그곳에서 일한 기간은 그리 길지 않았다. 나는 공부를 못하는 편이 아니었지만, 부모님이 내 곁에 안 계신다는 불안감에 가고 싶었던 4년제를 포기하고 전문대를 택했다. 그리고 빨리 돈이 벌고 싶어 2학년 1학기가 되자마자 조기 취업을 했다. 학교에 다닌 기간이 그리 길지 않았기에 따지고 보면 아르바이트 기간도 고작 몇 개월밖에 되지 않은 셈이다. 그 몇 개월 함께 일한 아르바이트생일 뿐인데 내가 취업을 했다는 소식에 사장님과 사모님은 누구보다 기뻐하셨다. 그리고 마지막 근무를 하던 날, 퇴직금이라며 하얀 봉투 하나를 내게 건네셨다. 정 때문이었을까, 고마움 때문이었을까. 그 봉투를 받고 돌아서는데 나도 모르게 눈물이 왈칵 쏟아졌다.

그렇게 나는 서울로 가게 되었고, 그 후 몇 년을 서울에서 지냈다. 비록 얼굴은 자주 볼 수 없었지만, 사모님은 주기적으로 전화를 걸어 내 안부를 확인하셨다. 시간이 지나면서 서로에 대한 호칭도 자연스레 바뀌었는데, 나는 사모님을 언니라고 불렀고, 사모님은 나를 딸이라 불렀다. 언제부터인지 몰라도 우리는 완벽하게 사적인 사이로 변해 있었다.

2004년, 사모님과 아르바이트생으로 만난 우리는 20년이 지난 지금까지도 서로에게 소중한 존재로 함께하고 있다. 내가 처음 결혼을 하던 날도, 아이를 출산했을 때에도, 그리고 이혼을 결정했던 그 순간마저 언니는 가장 가까이에서 내 손을 잡고 함께 울고 웃어주었다. 명절이면 여느 친정집처럼 맛있는 음식을 차려 놓고 집으로 초대를 했고, 맛있는 반찬이 있으면 늘 바리바리 싸다가 냉장고에 넣어줬다. 피 한 방울 안 섞인 남을 딸처럼 챙긴다는 게 힘들 법도 한데 언니는 그걸 매 순간 행복이라고 표현했다. 그리고 그런 언니 덕분에 나도 행복했다.

사실 썩 자주 연락을 주고받는 사이는 아니다. 한 달에 두세 번 통화가 전부이고, 가까이 살지만, 얼굴도 자주 보지 못한다. 그럼에도 20년간 이 관계가 끊어진 적은 단 한 번도 없었기에 그간 서로에게 일어난 모든 일을 속속들이 알고 있는 유일한 사람이다. 그래서였을까, 나의 고민과 걱정의 포인트도 너무 잘 알고 있는 언니가 나의 재혼을 이틀 앞둔 시점에 전화를 걸어 왔다.

"성미야, 결혼 준비는 잘 마무리했어?"

"응, 언니! 다 마무리했는데 준비하면서 좀 속상한 일이 있었어."

"왜, 무슨 일이야? 무슨 문제 있었어?"

지금 남편과 나는 연애 기간도 길었고, 함께 산 기간도 길었기에 결혼식이 딱히 중요하지 않았다. 하지만 시댁에서는 무조건 식을 올리기 원하셨고, 말 나온 김에 해를 넘기지 말자며 새해를 두 달 남긴 시점에 급하게 12월 예식을 추진하셨다. 결혼식 얘기가 나올 때마다 몇 번을 미뤄오던 우리는 더는 거절할 명분이 없어 고작 두 달간의 짧은 결혼 준비로 서둘러 식을 올리게 된 상황이었다. 문제는 지난 9월 남동생이 결혼식을 올렸는데 고작 3개월 만에 내가 또 잔치를 하는 입장이라 우리 집안에서는 썩 달가워하지 않았다. 게다가 초혼도 아닌 재혼 소식에 친척들은 더욱 묵묵부답이었다.

문제는 혼주석이었다. 부모님의 부재를 내심 친척 어르신들이 채워 주시길 바랐지만, 그 많은 친척 중에 부탁드릴 어른이 아무도 없었다. 이런 사정을 모르는 시댁에서는 혼주석이 비어 있으면 보기 좋지 않으니 빈자리로 두지 말라는 말씀만 반복하셨는데 당일 참석 여부조차 미정인 친척들에게 부탁하느니 차라리 남동생은 혼자 앉는 편이 낫겠다고 했다. 그런 속앓이의 내막을 수화기 너머 언니에게 전했다.

"성미야, 언니가 앉아 줄게. 언니가 네 엄마인데 왜 진작 말 안 했어."

내 사연을 듣고 있던 언니가 대뜸 한마디 했다. 속상한 마음에 하소연한 것뿐이었는데, 생각지도 못한 언니의 말에 당황스럽기도, 또 기쁘기도 했다.

"언니 진짜야? 고작 이틀 뒤가 결혼식인데?"
"그게 뭐 어려운 일이라고 못 해주겠어. 얼른 한복 대여 가능한지나 알아봐."

그간 나에게 엄마 같은 존재였던 언니가 진짜 친정엄마가 되는 순간이었다. 눈물이 왈칵 쏟아져서 수화기에 대고 펑펑 울었다. 그간 참아왔던 속상함과 서러움, 그리고 고마움과 기쁨, 그 사이 어디쯤의 감정이 폭발했던 것 같다. 눈물과 함께 그간 언니와 보낸 수많은 시간도 머릿속을 스쳐 지나갔다. 우리의 인연이 새삼 감사했다. 언니 덕에 나의 결혼식은 부족함 없이 끝이 났고, 그날 이후 우리는 진짜 가족이 되었다.

나이가 들수록 인연을 맺기란 결코 쉬운 일이 아니라는 것을 깨닫고 산다. 그런데 그보다 더 어려운 것은 지금의 인연을 잘 지켜나가는 일인 것 같다. 관계를 지키기 위해 시간과 비용과 노력을 쏟아부었던 시절도 있었지만, 이제는 내가 노력해야 지켜지는 인연은 미련 없이 놓아 버린다.

인연은 필요해서 곁에 있거나, 잘난 겉모습을 보고 곁에 있는 것이 아니다. 사랑으로 맺어지는 인연에는 유통기한이 있고, 조건으로 맺어진 인연에는 이유가 따른다. 사랑의 유통기한이 다 되거나, 조건이 없어지면 우리는 서로에게 더 이상 필요한 존재가 아닌 남이 된다. 그래서 진짜 인연은 조건이 없는 인연인 것 같다. 내가 어떤 모습이든 있는 그대로의 나를 좋아해 주는 그런 인연.

이제는 내가 굳이 머리 쓰고 노력하지 않아도 묵묵히 나의 시간 언저리에서 나와 함께 걸어 주는 사람들과 연을 이어가고 싶다. 너무 가깝지도, 그렇다고 너무 멀지도 않은 딱 그 정도의 거리에서 서로를 진심으로 응원하며 동행해 주는 존재. 서로가 서로에게 스며 무슨 일이든 기꺼이 함께할 수 있는 존재. 같이 있을 때만 즐거운 것이 아니라 곁에 없을 때도 서로를 감싸줄 수 있는 그런 존재. 감수성의 농도와 결의 방향이 비슷한 존재.

나에게 언니가 그러하듯, 나도 누군가에게 그런 연이고 싶다.

연(緣)

류작가

사람은 누구나 정서적 의존의 대상을 찾게 된다. 삶의 무게에 지쳐있을 때 한 줄기 빛으로 등장해 줄 인물. 내 인생에 있어 기억에 남을 만한 그런 인물들이 과연 몇 명이나 있을까. 지나온 삶의 시간이 주마등처럼 머릿속을 훑고 지나간다.

내 기준에 맞추어 인연을 세 부류로 구분해 보자면, 첫 번째는 내가 힘들고 어려울 때 물심양면으로 도와주는 잊지 못할 고마운 사람들이다. 슈퍼맨처럼 적시적소適時適所로 기가 막히게 출연해 주는 사람들이 가끔 나타나기도 한다. 하지만 세상에 그러한 사람들만 있으면 얼마나 좋을까. 이러한 귀인들과는 반대로 다시는 마주치고 싶지 않은 사람들. 차라리 만나지 않았으면 좋았을 사람들도 있을 것이다. 흔히 악연이라고 표현한다. 마지막 세 번째로는 내 주변에 항상 맴돌고 있지만, 있으나 마나 하는 별로 존재감이 없는 사람들이다. 여기서 누구나 제일 되고 싶지 않은 타입은 가장 영향력이 없는 세 번째 부류일 것이다. 내 생각에도 뜨뜻미지근한 것보다 차라리 귀인이든 악연이든 둘 중 하나가 더 임팩트 있게 기억에 남을 것 같다.

귀인貴人

인복人福이 많은 것 같다. 때에 따라서 어디선가 도와주는 사람들이 늘 주변에 있었다. 그 사람들 덕분에 이루려는 목표에 무사히 도달하게 되었고 계획보다 더 수월하게 임무를 수행한 적이 한두 번이 아니었다.

강사의 길을 준비하고 있던 시절, 그 꿈을 펼칠 수 있도록 여러 가지 방법과 실질적인 노하우를 전수해 주신 대학원 교수님이 계셨다. 그 교수님 덕에 지금의 '류 강사'가 존재한다고 해도 과언이 아니다. 초보 강사에게 여러 강의를 맡겨주시고 현장 경험을 쌓게 해주신 것이 내겐 너무나도 큰 은혜였다. S 기업 강의를 맡기시고 잘할 수 있을 거란 말씀과 함께 환하게 웃어주시며 응원해 주신 그날을 잊지 못한다. 또한 본인의 강의에 선뜻 참관시켜주며 다방면으로 눈을 뜰 수 있게 해준 친언니 같았던 분도 있다. 여러모로 도움을 주신 주변 대표님들과 강사님들, 그리고 친구들과 가족들 모두 너무 소중하고 감사하다.

그중 가장 고마운 사람을 꼽아 본다면 단연코 내 아이들 양육을 도와주셨던 돌봄 선생님이라고 말하고 싶다. 우리 아이들 기저귀 떼는 것부터 시작해서 초등학교 입학 후에는 학습관리와 인성교육까지 제대로 해주셨던 정말 고마운 선생님. 7년 동안 아이들 등, 하원을 맡아주셨고, 아이들의 반찬까지 챙겨주셔서 친정엄마보다 더 엄마 같았던 선생님이 내 인생 최고의 귀인이라고 말할 수 있다.

아마 워킹맘이라면 공감할 것이다. 커리어우먼으로 일과 살림을 병행하면서 아이들 케어까지 혼자서는 감당할 수 없다는 것을. 그래서 내 자식을 맡아주고 돌봐주는 사람이 있다면 엎드려서 절이라도 하고 싶을 정도로 최고 감사한 분이라는 것을.

악연惡緣

자 이제 반대로 지금 이 자리에서 류수진의 최고 악연을 꼽으라고 한다면 나는 망설임 없이 다섯 손가락 안에 드는 사람의 명단들이 금세 나올 것 같다. 하지만 누설하지 않겠다!!! 나에게 있어서는 잊지 못할 악연이지만 그래도 누군가에게는 그들도 귀인일 수 있으니까.

'너 때문이야.'
'너만 내 인생에서 사라지면 좋겠어.'

상대방을 탓하고, 모든 책임을 상대에게 전가하며, 나만 피해자인 듯 억울해한 적이 한 번쯤은 있을 것이다. 어떤 순간은 상대방이 법적 처벌을 받아야 할 만큼의 큰 잘못을 할 때도 있다.

그러나 시간이 지나고 보면 깨닫게 된다. 그 정도까지 호들갑을 떨 일은 아니었음을. 물론 시간이 한참 지나고, 상처가 다 아물고 나서야 깨달을 수 있는 일이지만, 그 순간에는 죽을 정도로 심각한 일이었다. 내가 죽든지, 아니면 네가 죽든지 둘 중 한 명은 이 세상에서 없어져야 일이 해결될 듯했다. 믿었던 만큼 배신감은 더 클 것이고, 사랑했던 만큼 증오는 배가 될 것이다. 세상이 끝난 것처럼 밤새도록 목 놓아 울고 너무 악에 받쳐서 저혈압으로 쓰러질 것 같은 위기를 몇 번 넘기고 나면 어느 정도 평지에 다다르게 된다.

"나이가 드니까 복수도 귀찮다. 알아서 망해라."

하상욱 시인의 글처럼 복수는 아무나 하는 게 아니다. 누군가를 미워하는 것에는 엄청 많은 에너지가 소모된다. 또 그만큼 열정이 있어야 한다. 내가 타인의 삶을 쫓아다니며 산다면 내 삶은 누가 책임지나. 결국 피폐해지고 말 것이다. 그래서 내가 찾은 해답은 '용서'이다.

'그럴 만한 상황이 있었겠지.'

'말하지 못하는 이유가 분명히 있었겠지.'

나를 거쳐 간 나의 악연들 덕분에 더 성숙해지고, 단단해지는 마음의 내성이 생긴 것 같다. 철이 철을 날카롭게 하듯 연단되고 단련되어 강한 멘탈의 소유자가 되기를 기대한다.

고맙다면 고마움의 표현을, 미안하다면 진심 어린 사과의 표현을 한다는 것이 그리 어려운 것은 아닌데 단지 어색하고 머쓱해서 그냥 지나치기 마련이다. 또는 말하지 않아도 상대방이 다 이해할 것이라는 지레짐작으로 넘어간다. 말 한마디로 귀인이 되고, 악연이 될 수 있다는 것을 명심하며 오늘 만난 사람들, 내일 마주칠 사람들의 운명 같은 인연을 소중히 여기는 사람이 되기를 꿈꾸어본다.

친구(親口)

이
작
가

가끔 만나도 어색하지 않고, 자주 만날수록 더 좋은 사람이 있다. 감사하게도 주변에 좋은 사람들이 많아서 누구 하나 꼽는다는 것이 많이 고민되지만 그중 가장 오랜 시간을 함께한 6명의 친구들이 있다. 20년이 넘는 시간을 함께하며 때론 의지가 되기도 하고 어떤 순간은 위로가 되기도 했다. 젊은 시절 우리의 남자친구들이 질투할 정도로 우리 사이는 돈독했다. 주변에서는 직장생활에, 시집가고 바쁘게 살다 보면 좋은 관계를 유지한다는 것이 쉽지 않은데 보통 남자들보다 의리가 좋다고 얘기한다.

"친구들과 어떤 추억이 가장 기억에 남는가?" 하고 누군가 물어보면 열 손가락으로 세는 것도 부족할 만큼 좋은 기억들이 많다. 지금 생각해보면 '우리 왜 그랬을까.' 하는 엉뚱한 행동들에 궁금증도 생기지만 우리가 늘 하는 말들은 "그래도 그때가 가장 즐거웠다."라는 이야기다.

"얘들아 그때 기억나?" 늘 만나면 수십 번도 넘게 하는 이야기다. 엄청 대단한 일도 아니다. 우리들의 학창 시절과 젊은 시절의 이야기… 만날 때마다 나오는 레퍼토리다. 하지만 늘 처음 꺼냈던 이야기처럼 배꼽을 잡고 웃으며 대화를 이어 나간다. 그중 기억력이 유난히 좋은 친구가 있다. 그 상황에 모두가 어떤 옷을 입고 있었고 어느 식당 앞이었고 가끔은 쓸데없는 구체적인 것까지 기억해서 잊으려고 해도 잊을 수 없게 만든다.

학창시절은 배고픔도 참 많았던 시절이었다. 10분이라는 짧은 쉬는 시간 동안 만두 하나, 빵 하나 먹자고 열심히 달려간다.

종이 치는 소리도 듣지 못한 채 맛있게 한참을 먹다 보면 매점 아주머니가 다급하게 소리를 치신다. 그럼 그제야 우르르 달려 나왔다. 하지만 우리의 눈앞을 지키고 있는 것은 선생님…. 만두 하나를 입에 문 채 삼키지도 못하고 한참을 서서 혼이 난 후에야 교실로 들어갈 수 있었다. 그 상황에서도 뭐가 그렇게 웃겼는지 뒤돌아서서 한참을 웃다가 더 혼이 나기도 했다. 그때를 떠올리면 '선생님이 얼마나 힘드셨을까.' 하는 생각에 죄송한 마음이 든다.

우리에겐 시험 점수도 딱히 중요하지 않았다. 누구 하나 성적이 잘 나와도 그냥 몇 문제 더 맞은 상황이었던 것뿐 시험이 끝났으니 다 같이 좋아하는 떡볶이나 먹으러 가면 되는 것이었다. 요즘처럼 학원에, 공부에 치여서 학창시절 추억도 만들지 못한 채 시간을 보내는 학생들을 보면 '저 시절은 돌아오지 않을 텐데.' 하는 안타까운 마음이 들기도 한다. 우리는 성인이 된 지금도 같은 모습이다. 서로가 어떤 일을 하고 얼마의 돈을 버는지는 중요하지 않다. 가끔 우스갯소리로 누구 하나 로또라도 당첨되면 그때는 조금 배가 아플 것 같다며 이야기하지만, 그것조차 우리에게는 중요하지 않다.

굴러가는 낙엽만 봐도 주저앉아서 웃는 그런 시절을 함께했다. 이제는 어느새 초등학생 아이를 키우는 엄마들이 되었지만 만날 때만큼은 17살의 모습으로 돌아간다.

나는 친구들 사이에서 가장 처음으로 결혼을 했고, 조금 이른 나이 26살에 엄마가 되었다. 입덧이 꽤나 심했다. 한동안 친구들을 만나지 못하는 것은 당연한 일이었고, 핸드폰을 보는 것도 힘이 들어 2개월 정도는 연락도 하지 못하고 살았다. 입덧이 조금 가라앉고 처음으로 친구들을 만나던 날 36kg까지 빠져있던 내 모습을 보고 울먹이던 친구들의 모습이 생각난다.

아이를 키우며 행복한 순간들도 있었지만 크고 작은 감정들로 인해 어렵고 힘들었던 시기들도 많았다. 그 당시 가족들의 도움도 컸지만, 친구들 또한 많은 힘이 되어 주었다. 어쩌다 자유시간을 얻어 밖에 외출할 일이 생기면 모두 시간을 빼고 나를 보기 위해 모였고, 산후우울증이 찾아올 시간도 없을 만큼 웃게 만들어 줬다.

나도 이렇게 이쁜 아기를 갖고 싶다고 말했던 친구는 그다음

해에 결혼해서 정말 아이를 갖게 되었고, 그 이후에 약속이라도 한 듯 하나둘 시집을 갔다. 그래서 지금은 남편들, 아이들까지 모두 하나가 되어 사계절을 함께 즐기며 보내고 있다. 지금 생각해 보면 우리는 늘 서로에게 시간과 정성을 들이며 살았던 것 같다.

얼마 전 조금 늦게 결혼을 하게 된 친구가 있다. 신부가 주인공이니 우리도 주인공이 되어야 한다며 결혼식에 입고 갈 옷을 서로 골라주느라 밤새 고민했다. 결혼식 전부터 "울지 말자.", "서로 눈 마주치지 말자." 약속을 했고, 누군가는 결혼식을 아예 보지 않겠다고 했다. 그리고 예식이 시작되었을 때 정말 밖으로 나가버렸다. 전날 밤에는 신부도 아닌데 다들 긴장을 해서 그런지 잠도 제대로 못 자고 밤을 보냈다.

학창 시절 친구 하나 없는 사람 어디 있겠느냐 싶겠지만 유독 마음속에서 든든하게 자리 잡고 있는 사람들이다. 우리 딸아이도 초등 고학년이 되면서 더 깊이 있게 만나는 친한 친구들이 생겼다. 그리고 그 시절에만 할 수 있는 경험들로 추억을 쌓고 있다. 그 모습을 옆에서 바라보고 있으면 나만큼 좋은 추억을 많이 만들었으면 좋겠다는 생각이 든다.

요즘은 친구들과 만나면 나이가 들어가는 만큼 이야기의 소재도 조금 바뀌었다. 여행을 떠나기 위해 조금씩 돈도 모으며, 다가올 중년을 즐겁게 보내기 위한 계획들을 세우고 있다. 우리의 중년은 어떨지, 빨리 그날이 왔으면 좋겠다며 모두 손꼽아 기다리고 있다.

지나고 보니 관계를 오래 가져가기 위해서는 인연을 소중히 여기고, 배려하는 마음이 필요한 것 같다. 지금까지 그랬듯, 더 아끼고 사랑해 줘야겠다.

연연하지 말게나

김작가

"운명을 믿나요?"

"다시 태어나도 결혼할 건가요?"

"시간을 되돌린다면 지금의 남편과 다시 결혼하시겠습니까?"

이런 생각을 한 번도 안 해 본 사람은 없을 것이다. 나 또한 그랬으니까.

운명? 내 운명이 정말 있기는 한 걸까? 있다면 대

체 언제 나타난다는 건지… 수없이 생각하던 날들이 있었다.

결혼? 아이들을 키우며 유난히 고되고 힘든 날, 남편이 내 마음을 몰라주는 날, 혼자인 시간이 절실히 필요한… 그런 날이면 결혼을 왜 했을까 하는 생각을 몇 번이나 했었다. 마지막 질문은 내가 남편에게 더 많이 했던 것 같다.

"오빠 다시 돌아간다면 나랑 또 결혼할 거야?"

이렇게 묻는 나에게 남편은 평생 연애만 할 거라고 대답했다. 반대로 남편이 나에게 묻는다면, 나는 뭐라고 대답했을까?

첫눈에 반하는 사랑이 있을까?

사랑에 유통기한이 있을까?

사랑에 공식이 있다면 얼마나 좋을까?

발을 동동거리며 죽을 것 같이 좋고, 세상 모든 것이 그 사람으로 가득 차고, 사랑에 빠지면 전부를 다 가진 기분이 든다. 하지만 반대로 사랑이 시들어 가는 과정을 그대로 느끼며 가슴 시린 눈물을 흘릴 때도 있다. 이별은 하기도 전부터 버겁다. 아마도 '이별'이란 단어의 의미와 무게 때문인 것 같다. 설렘, 사랑, 이별 중 이별은 정말 겪고 싶지 않은 과정이다.

스물일곱, 고등학교 친구들과 양평으로 1박 2일 여행을 갔다. 친구 1호는 남자 친구와 헤어졌다가 다시 재회했지만 아직은 서로 눈치 게임 중이었고, 친구 2호는 3년이나 사귄 남자 친구가 있었지만, 헤어진 지 얼마 안 된 상황이었다. 친구 3호는 여행 내내 핸드폰을 손에 쥐고, 얼굴엔 미소가 끊이질 않는다. 썸 타는 중이다. 친구 4호는 남자 친구를 좋아하는 마음은 크지만, 현실과 이상 사이 갈등을 겪으며 이별을 준비하고 있었다.

여자들만 함께하는 여행은 보통 그렇다. 먹는 것으로 시작해서 먹는 것으로 끝난다. 밥 배, 디저트 배, 술 배가 따로 있다. "배불러 죽겠다, 배 터져 죽겠다." 하면서도 밤새워 먹고 또 먹는다. 끝없이 먹으면서 연애 이야기만 한다.

이 와중에 제일 힘든 친구는 이별한 지 얼마 안 된 친구라 생각했다. 그날 밤 우리는 그 친구를 위로하기 위해 애썼다. 3년간의 연애사를 모두 지켜봤기 때문에 이별이 힘들 거라고 예상했는데, 생각보다 이 친구 괜찮네? 근데 정말 괜찮아 보인다. 힘들기는 하지만 참아내고 있고, 잘 지내고 있다고 말한다. 헤어진 것도 힘들고, 달려가 보고 싶을 때도 많지만, "이별을 받아들이는 시간을 갖기로 했다." 말한다. 함께하던 것들에 연연하지 않고 혼자의 시간을 고스란히 받아들이는 과정이 오히려 좋다는 것이다. 그때 그 친구가 대단해 보였다. 그리고 10년이 지난 지금도 인연에 대한 내 가치관에 큰 영향을 주고 있다. 그렇게 이별을 받아들이는 그 시간을 나는 '이별즐기기'라고 부르게 되었다.

그간 이별을 떠올리면 혼자가 된다는 두려움이 컸었는데, 친구의 말 몇 마디가 새로운 깨달음을 준 것이다. 그 해석은 연인이든, 친구든, 모든 관계에서 발생하는 이별에 대처하는 큰 힘이 되어주었고, 지금까지도 유효하다.

보통 사람들은 이별을 회피하거나 대충 넘어가고 싶어 한다. 하지만 이별은 익숙해질 수 있는 것이 아니다. 받아들여야 하고, 뜨거웠던 만큼 앓아봐야 한다. 앓고 앓아서 그 시간을 온전히 겪으며 마음을 정리하는 시간이 필요하다. 감기 걸렸을 때 제대로 회복하지 않으면 면역력이 약해져서 더 쉽게 감염되는 것처럼 마음이 꼭 그런 것 같다. 약해질 대로 약해진 마음이라 좋은 사람인지 아닌지, 이게 사랑인지 아닌지, 아니면 다른 어떤 감정인지 나조차도 헷갈릴 수 있다. 그렇기에 온전하게 아픔을 견뎌내는 시간은 내 마음을 더 단단하게 만들어 준다. 이렇게 이별을 받아들이니 두려움은 줄고 관계에 연연하지 않게 되었다.

관계에 연연하지 않는 것,
이별에 연연하지 않는 것,
혼자가 되는 두려움에 연연하지 않는 것,

그만큼 더 좋은 사람을 알아보는 마음과 눈이 생긴다고 믿는다. 나도 누구나 겪는 사랑과 시련을 경험하며 어른이 되었고, 사랑도 이뤘다. 질문에 대한 내 대답은 이렇다. 나는 운명을 믿고, 사랑도 믿는다. 그리고 다시 태어나도 지금의 남편과 결혼할 것이다. 그렇기에 완전한 사랑을 지키기 위해 평생 노력해야 한다.

모든 관계는 편해지고 난 다음 '유지 단계'가 더 중요하다. 지속되는 관계일수록 서로 불만이 생기기 마련인데, 내가 더 힘든 것 같고, 내가 더 사랑하는 것 같고, 나만 애쓰는 것 같을 때… 내 마음이 더 큰 것처럼 느껴질 때 연연하기 시작한다. 연인 관계에서도 자주 하는 말이 있다. "예전에는 안 그랬는데….", "사귀기 전에는 잘해주더니 요즘엔 왜 그래?", "변했어. 설레던 때가 그리워."

말 그대로 유지를 잘해야 하는 단계이다. 관계에 대한 연연은 내 감정을 깨달을 틈을 빼앗아 간다. 연연하는 순간 본질은 사라지고 집착스러운 생각으로 가득 차기 때문이다. 내 마음속에 엉켜버린 감정들을 들여다보자. 상대를 탓하거나 자존심을 내세우기보다는 관계의 본질을 생각하며 지혜롭게 풀어나가야 한다. 문제가 있는 쪽은 내 자신일 가능성이 크다는 걸 잊지 말자.

그래서 나는 이 말을 좋아한다. 벤저민 프랭클린의 "If you would be loved, love and be lovable." 해석하면 "사랑받고 싶다면 사랑하라, 그리고 사랑스럽게 행동하라."이다. 관계 속에서 부정적으로 연결되는 생각을 다시 되돌아보게 만들어 준다. 그리고 연인 때문에 힘들어하는 친구들에게도 자주 들려주었던 말이다. 늘 사랑받기를 원하지만, 내 모습은 그때와 같은지, 여전히 사랑스럽게 행동하고 있는지. 상대가 좋은 사람이길 바란다면, 내가 먼저 좋은 사람인지를 생각해 보라고 말이다. 비로소 내가 준비되었을 때 그런 나를 알아봐 주는 사람이 나타날 것이기 때문이다. 준비된 사람들이 서로를 알아보는 운명. 타이밍은 이럴 때 쓰는 말 아닐까?

인연에 연연하지 말게!

이별에 연연하지 말게!

사랑에 연연하지 말게!

연연하지 말고

"If you would be loved, love and be lovable."

[인연]에 관한 당신의 이야기를 들려주세요.

Ep. 5

센척

이제
힘 좀 빼고
살아요
우리

그래서 니가 누군데?

홍작가

쉽게 가려고 잔꾀를 부리다가 오히려 일을 그르쳐 더 큰 수고로움을 감수해야 하는 경우들이 종종 있다. 예를 들자면 이런 거다.

외출 준비를 하다 말고 지금 입은 옷이 마음에 들지 않아 갈아입고 싶은데 아무래도 티셔츠를 벗다가 귀걸이가 옷에 걸릴 것 같은 느낌. 하지만 뺏다 꼈다 하기가 번거로워 그냥 주의해서 벗어 보기로 하고 옷에서 머리를 빼내려는 찰나 들려오는 불길한 "툭" 소리. 결국 옷 갈아입는 시간보다 떨어진 귀걸이 찾는 시간이 더 걸린 적이 있다든가.

소매에 보기 싫게 나와 있는 실밥 한 가닥을 발견했을 때, 가위 찾기가 귀찮아 대충 끊어내려고 잡아당기다가 올이 드르륵 풀리는 경험을 한 적이 있다든가.

한번은 집에 아무도 없는 틈을 타 마음먹고 대청소를 했다. 환기 시킬 겸 창문도 활짝 열어 놓고, 좋아하는 음악까지 신나게 틀어 놓은 다음 구석구석 지저분한 것들을 싹 닦아냈다. 기분이 한결 개운했다. 아들과 남편이 집에 없는 틈을 타 그간 버리고 싶었는데 눈치 보여 못 버렸던 물건들까지 에라 나 몰라라, 미련 없이 종량제봉투에 때려 넣었다. 그게 뭐라고 그렇게 속이 시원할 수가 없었다.

대청소를 끝내고 나서 가득 찬 봉투를 야무지게 묶어 현관 입구에 내놨는데 아뿔싸, 미처 봉투에 넣지 못한 아들의 장난감이 발견되었다. 순간 잠시 고민을 했다.

'쓰레기봉투를 그냥 하나 새것으로 꺼내어 담을까, 아니면 꽁꽁 묶인 저 종량제봉투를 가져와 벌어진 틈 사이로 그냥 한번 쑤셔 넣어 볼까….'

부피가 좀 있긴 했지만 왠지 잘 넣으면 들어갈 것 같은 기분이 들었다. 귀찮은 마음에 매듭도 안 풀리는 그 종량제봉투 벌어진 틈 안으로 쓰레기를 꾸역꾸역 밀어 넣었다. 그 찰나, 부욱~ 하고 봉투가 찢어져 버렸고, 그 사이로 쓰레기들이 우르르 쏟아져 나왔다. 마치 답답한 만원 엘리베이터에서 문이 열리자 사람들이 문밖으로 튀어 나가듯, 쓸고 닦느라 생긴 온갖 먼지들과 머리카락, 때가 가시지 않아 버리려고 쑤셔 넣은 양말들까지 거실에 한가득 널브러져 자유롭게 나뒹굴고 있었다. 그 모습을 보자니 한숨이 절로 나왔다.

'하, 그냥 차라리 새 봉투 하나 꺼내서 담아버릴걸….'

간혹 이렇게 내가 현명하다고 믿고 하는 행동들로 인해 스스로가 피곤해지는 경우가 있다. 그런데 귀걸이나, 실밥이나, 쓰레기라면 차라리 나았을 것을… 가끔은 남의 일에 오지랖을 떨다가 본의 아니게 트러블 메이커가 될 때가 있다. 사욕을 위해 여럿이 피해를 겪는 상황 (또는 행동)을 목격했다거나, 흙은 묻히고 싶지 않지만 대우는 받고 싶어 하는 사람들이 구성원 안에 있다거나, 뒤에서는 욕을 하면서 앞에서는 실리를 위해 웃고 있는 사람들을 마주하게 된다거나… 아무튼 부당하다고 느껴지는 일을 보게 되면, 내가 마치 정의의 이름으로 용서하지 않는 세일러문이라도 되는 줄 착각을 하는 것 같다. 더 웃긴 사실은 실제로 나를 '세일러문' 또는 '유관순'이라고 부르는 무리들이 있다.

그런데 과연 내가 생각하는 부당한 상황에서의 내 행동은 전부 다 정의로웠을까? 결론은 그렇지 않았다. 문제는 '내가 생각하는'에 있었다. 사실 정의라는 것은 내가 판단할 몫이 아니었던 것이다.

나의 친한 친구를 욕하며 이간질하려는 제3자의 말을 무시하고 내 친구를 지키려 애를 쓰다 결국 내가 이상한 사람이 되어 버림을 받은 적도 있었고, 모임에서 부당한 일을 겪었다고 내 앞에서 이야기하는 사람을 대신해 부당함을 내세웠다가 공공의 적이 되기도 했다.

한번은 프랜차이즈 음식점에 식사를 하러 갔는데 하필 아이가 먹는 주먹밥에서 이물질이 나와 조용하게 이야기를 한 적이 있다. 그런데 불편을 이야기하고 있는 고객을 대하는 직원과 사장의 태도가 너무 좋지 않았다. 그 음식점의 고객평을 살펴보기 위해 방문자 리뷰를 검색해 봤더니 아니나 다를까, 직원에 대한 불만이 많은 업장이었다.

직업병이었을까? 음식은 꽤 맛있는 곳이었기에 이 업장을 돕고 싶은 마음에 증거 사진과 직원들의 불친절 행동에 대해 본사에 정중하게 메일을 보냈다. 다음 날·바로 담당자에게 연락이 왔고, 담당자는 내가 어떤 이득을 바라고 하는 행동이라 여겼던 건지 메시지로 달랑 무료 시식권을 보내왔다. 결국 도움을 주고자 했던 내 행동은 정의로운 진상에 불과했던 것이다.

그간 '내 나름의 정의감'에 얽힌 수많은 일들을 겪으면서 느낀 것이 있다.

- 나는 세상을 바꿀 수 없다는 것.
- 남 일 신경 끄고, 나 자신이나 잘 먹고 잘 살자는 것.

- 그리고 또 하나, 내가 생각하는 정의가 남에게도 정의로운 일은 아닐 수 있다는 것.

어쩌면 나는 스스로의 행동을 정의라는 포장지로 아주 그럴싸하게 포장해서 다닌 것일 뿐, 그들의 말대로 근거 없는 자신감이자, 귀찮기만 한 진상이자, 불편한 트러블 메이커에 불과 했는지도 모른다. 내가 진짜 세일러문이나 유관순이라 착각했던 그 시절 나는 그냥 "오지라퍼" 그 이상도 그 이하도 아니었다는 사실을 이제는 제대로 알고 있다. 좋은 사람, 정의로운 사람이라 믿고 싶은 마음에 가려져 진상이라는 사실을 거부하고, 부정하며 살아온 지난날.

있는 그대로의 나와 남들이 바라보는 나와의 차이를 조금 더 객관적으로 바라보는 눈을 기르기 위해 나는 앞으로 정의롭지 않으려고 한다. 어설픈 정의감은 그냥 어이없는 센 척일 뿐, 나는 사실 뭣도 아니니까!

가면,
이제는
벗어도 돼

류작가

세상 가장 서럽다는 1남 2녀 중 둘째 딸.

부모님에게 관심 한번 받아보려 어지간히 노력했던 어린 시절이 떠오른다. 언니가 입던 옷과 신발들을 물려받아야 했고, 중학교 교복을 입기 전까지 새 옷이라는 것을 입어본 적이 없다. 외식하는 날이면 당연히 남동생이 먹고 싶어 하는 메뉴로 결정되었기에 자연스레 내 입맛조차 남동생이 좋아하는 메뉴로 바뀌어 버렸다.

용돈을 받을 수 있는 날은 유일하게 친척들이 모일 때였다. 집에서는 언니와 남동생이 우선순위였기에 내 순서까지 오기가 힘들었다. 그래서 친척들이 모이는 날이면 어른들 앞에서 동요를 부르거나, 갖은 애교를 부려서 용돈을 독차지하는 수밖에 없었다. 아들 낳기를 원하는 보수적인 집안에서 눈치 없게 딸로 태어난 자들은 무슨 말인지 다 알 것이다.

치열한 경쟁 속에서 누구와 싸워도 승리하는 방법을 자연스레 온몸으로 경험하며 성장해 왔다. 그래서인지 성인이 되어서도 약해 보이지 않으려는 습성이 나타나게 되었다. 내가 정말 강해진 것인지 아니면 강해지려고 노력한 것인지 그것도 아니면 그냥 센 척을 하는 것인지는 나도 모르겠다.

10년 전, 교도소로 처음 강의 가던 날이 떠오른다.
'어떤 교육생들이 나를 기다리고 있을까?'

특수한 환경에 대한 기대감과 두려움이 섞여 요동치고 있던 추운 겨울의 어느 날. 기 싸움에서 이겨야 한다는 선배 강사들의 조언을 떠올리며 눈에 한껏 힘을 주고 강의장으로 들어갔는데 이게 웬걸! 너무나 따뜻하게 맞이해 주는 교육생들의 눈빛을 아직도 잊을 수가 없다. 운전 조심하라고 오히려 내 걱정을 해주고 가시는 길에 당 보충하라며 손에 쥐여 준 청포도 사탕에 가슴 뭉클해지며 내가 괜한 걱정을 했다는 것을 깨달았다.

'사람을 선입견으로 판단하지 말라.'

대부분 사람은 보이는 대로 그 사람을 평가한다. 그 사람이 어떤 옷을 입었는지, 어떤 차를 타는지, 어떤 동네에 사는지. 깊이 있게 알지는 못하지만, 보이는 대로 그 사람을 단정 짓기도 한다. 나 역시도 확인되지 않은 이야기를 듣고 그것을 사실인 것처럼 믿은 적이 있다.

그런 이유 때문일까? 사람들은 자신의 이미지를 포장하기 위하여 부단히도 노력한다. 어쩌면 "있어빌리티(있어 보이는+Ability)"라는 신조어도 그 때문에 생겨난 것이 아닐까 싶다. 직업이나, 환경에 맞춘 이미지가 아닌 그보다 더 잘나 보이는 이미지를 추구한다. 마치 맞춤옷을 입고 있는 듯 보이기는 하지만 속을 들여다보면 불편하고 어색해서 당장이라도 벗어버리고 싶은 사람도 있을 것이다.

거센 파도가 밀려 들어오는 바다를 떠올려보자. 바다 자체가 강해 보이지만 그것보다 더 강한 것은 바닷물을 썩지 않게 해주는 3%의 소금이다. 겉모습만 있는 척, 강한 척하는 사람들은 그 안에 아무도 모르는 은밀한 약점들을 숨기려 하는 경향이 크다.

지금 나의 모습은 어떠한지 생각해보자.

당신의 모습은 얼마나 진짜인가?
어떤 사람으로 보이고 싶어 하는가?
혹시, 감정까지도 포장하고 있지는 않은가?

가끔은 나도 아무것도 아닌 것처럼 감정연기를 하며 내가 만들어 놓은 가면 속에 나를 가둬 놓는다. 전혀 괜찮지 않지만 스스로 괜찮은 듯, 억지로 토닥거리며 잠재운 적도 있었고, 나를 배신했던 사람과 세월이 지나 마주쳤을 때 상처가 다 아문 것처럼, 웃음을 지어 보인 적도 있었다. 지금 생각해보면 그 모든 상황이 내 인생의 가면이었다.

나는 외로워도 슬퍼도 절대 울지 않는 만화 캐릭터 '캔디'를 별로 좋아하지 않는다. 자신의 감정을 어느 정도 오픈하고 노출하는 것이 인간미가 넘친다고 생각한다. 물론 그 상대가 '아무나'는 아니지만 말이다. 강하고 곧게만 보이려 한다면, 오히려 더 쉽게 부러질 수 있다.

언제까지나 나 자신을 속이며 페르소나를 의지하며 살아갈 수는 없는 일이다. 외면의 모습보다 내면의 모습에 더 집중하자. 가짜로 만들어진 가면은 내려놓자. 아무리 강해 보이려 해도 흔들리는 눈빛 속에 숨어있는 불안감은 감춰지지 않을 테니.

이제는 벗어도 돼.
괜찮지 않아도 괜찮아.

그냥 나답게 살아가는 게 가장 잘 사는 일이니까. 짧은 언발레이어드컷을 하고 바지정장을 입은 모습도, 굵은 웨이브를 넣고 원피스를 입은 모습도, 머리 질끈 묶고 고무줄 바지를 입고 있는 모습도 다 내 모습이다. 어떻게 보이는가에 대한 남들의 시선은 이제 신경 쓰지 말자. 나 스스로를 믿고 나 자신에게만 당당하면 된다.

오늘도 있는 그대로의 내 삶을 응원한다.

인정하면 편해지는 것

이작가

받아들이면 편안해지는데 그게 잘되지 않는 날도 있다. 평소 대부분의 일에 낙천적이라 생각하며 유연하게 살아가고 있지만, 언제부터인가 조금씩 완벽주의자 성향도 생긴 것 같다. 열심히 고민했음에도 원했던 방향으로 되지 않으면 많은 신경이 쓰이고 가끔 어떤 날은 잠을 설치기도 한다. 주변에 예민한 사람들의 이야기를 들어보면 나의 예민함 정도는 아무것도 아니라고 말한다. 하지만 나에게도 그런 날이 있다. 그렇게 고민이 많은 날은 자세히 생각해 보면 지나간 일에 대해 아쉬워하거나, 스스로 부족한 부분을 인정하지 못해서인 경우가 많다.

어린 시절에는 운동신경이 없어서 다른 친구들보다 운동을 못하더라도, 혹은 성적이 조금 낮게 나와도 크게 속상하지 않았다. '운동은 타고나는 것이지.'라고 생각했었고, 달리기 시합에서도 3등까지는 손목에 도장을 크게 찍어주기 때문에 괜찮았다. '꼴등이 아니어서 다행이다.'라고 생각했으니까 말이다. 운동신경이 없던 탓에 체육 시간의 수행평가 점수는 대체로 낮을 수밖에 없었다. 성적에도 크게 신경 쓰지 않았다. '공부가 인생의 전부는 아니지.'라는 마음이 있었고 공부가 아니더라도 잘 살아갈 수 있을 것 같은 느낌이었다. 나 자신을 빨리 인정하고 받아들인 덕분에 즐겁게 학교생활을 했던 것 같다. 그러나 성인이 되고 치열하게 세상을 살아가다 보니 부족한 부분을 인정하는 것이 쉽지 않았다.

성인이 되고 보니 욕심이 생겼고 가끔은 나의 부족함은 생각하지 못한 채 자신감 하나로만 고집을 피운 적도 있었다. 아무

근거도 없이 말이다. 그 때문에 스무 살이 넘어서도 나의 진로는 여러 차례 바뀌었다. 직장을 옮겨놓고 그 상황을 후회하기도 했으며, 그 어린 나이에 결혼 생활을 잘할 수 있을 것이라 믿고, 당차게 결혼을 하기도 했다.

필라테스를 몇 년간 하면서 느낀 것은 자신이 가지고 있는 생각에 따라 사람을 대하는 태도가 달라진다는 것이다. 운동을 좋아하지 않았지만, 2021년부터 필라테스에 조금씩 관심을 가지기 시작했다. 장거리 운전이 많기도 하고, 오랜 시간 하이힐을 신어서 허리에 통증과 불편함이 생기기 시작해서였다. 몇 달간 많은 필라테스 강사들을 만났는데, 함께 운동을 하다 보니, 마인드나 인성이 괜찮은 강사들도 많았지만 그렇지 않은 강사도 있었다.

운동을 해 본 경험이 없는 사람들은 어느 부위에 힘을 줘야 하는지, 어떻게 동작을 따라 해야 하는지 이해하기 어려운 상황들이 종종 발생한다. 이런 상황에서 얼마나 유연하게 회원들을 다루느냐가 그 강사의 능력을 대변한다고 생각하는데, 의외로 그렇지 않은 강사도 더러 있었다.

"그렇게 하시는 동작이 아니고 이렇게 하셔야죠."
"아까도 말씀드린 것 같은데…."

회원들은 모르는 것이 당연하고 그렇기에 센터를 이용하는 것인데 이해하지 못하는 회원들을 답답해하는 모습을 보여주기도 했다. 사람에 따라 받아들이는 것이 다를 수 있다는 것을 인정하지 못해서 누군가를 불편하게 만드는 것이다. 가끔 어떤 회원은 운동이 끝나고 탈의실로 돌아오면 주눅 든 표정을 하기도 한다. 운동을 하러 온 건지 눈치를 보러 온 건지….

반면 수업시간을 더 늘려야 할 정도로 인기가 많은 강사도 있었다.

"가능하면 몇 개만 더 진행해 볼게요."
"이렇게 하면 훨씬 더 편하게 하실 수 있을 거예요."

회원들이 어려워하거나 힘들어하는 동작을 이해하기 쉽게 설명해 주려고 노력하는 모습을 보였다. 가끔 가까이 다가와서 "괜찮으세요?", "힘들면 말씀해주세요." 하는 세심한 대화방식은 많은 신뢰를 느끼게 해줬다.

어느 한 방송에서 이효리는 민박집을 운영하였고 하루는 손님이 방문을 했다. 그때 자신이 아닌 아이유를 보고 더 행복해하는 손님의 모습을 발견했다. 항상 주인공이었던 이효리가 뒤에서 있는 모습은 다소 어색해 보일 수 있는 상황이었다. 하지만 오히려 후배들의 뒤에 서 있을 수 있다는 것을 자연스럽게 연습하게 된 것 같아서 좋다는 말을 전했다. 아이유를 좋아하는 세대와 자신을 좋아하는 세대의 다름을 인정하는 모습을 보이며 조언까지 해주기도 했다. 그 모습은 굉장히 성숙한 이효리의 모습이었고, 시청자들 또한 그런 솔직한 발언에 오히려 매력과 호감을 더 느꼈던 것 같다. 늘 이기고 싶은 마음만 가지고 살아가는 것이 아닌 내려오는 과정에서도 더 좋은 것을 가질 수 있다는 것을 느끼게 해 준 장면이었다. 역시나 최근 이효리는 본격적으로 다양하게 방송 활동을 하고 다시 한번 전성기를 맞이하고 있다. 지난 인정의 시간들이 있었던지라 더욱 단단해 보인다.

그 외에도 인정을 통해 성장하는 사람들이 많이 있다. 나이가 많음에도 불구하고 새로운 정보를 받아들이고 손녀에게 인터

넷 방송하는 법을 배워서 집에서 키운 농작물을 판매하는 할머니도 있다. 그리고 조직에서 지나치게 사무적이고 냉담한 상사였지만 부하직원들에게 가깝게 다가가기 위해서 요즘 세대들이 좋아하는 취향에 대해 공부하는 상사도 있다.

살아가면서 강한 것은 좋은 에너지가 될 수 있지만 강한 척하는 모습은 스스로 목을 조르는 상황이 된다. 나를 인정하고 새로운 모습을 발견하는 것, 타인과 상황을 인정하고 도울 힘을 만들어 내는 것. 이러한 모습들은 '최소의 투입으로 최대의 결과를 만들어 내는 방법 중 하나'이다. 실패한 나의 모습을 마주하는 일은 누구에게나 두려운 일이다.

'오늘은 재수가 없었다.' 생각하고 앞으로 나아가는 힘을 만들자. 그게 바로 우리가 꾸준하게 만들어야 할 센 척이다.

한번 거저먹어 볼까

김작가

타로 카페와 사주 카페가 한창 유행하던 때가 있었다. 가격도 저렴했기 때문에 친구들과 하루가 멀다 하고 드나들었는데, 자주 갔던 만큼 별의별 걸 다 물어봤다. 연애사는 물론이고, 원하는 직장, 친구들과의 관계까지 심지어 어떻게 하면 로또에 당첨되는지를 물어볼 정도였으니 그분들은 얼마나 웃기고 어이없었을까? 이렇게 별걱정 하나로 웃고 울던 때가 있었다. 도대체 어디에 답이 있다고 생각한 건지, 그때의 내 모습이 조금은 우습고 부끄럽다. 다행히 지금은 내 안에 모든 답이 있다는 것 정도는 알게 되었다.

2023 계묘년이 밝았다. 신년운세가 궁금해서 오랜만에 철학관에 다녀왔다. 평상시 걱정이 생길 때마다 적어놨던 휴대전화 메모장을 열어보니 남편과 아이들에 관한 내용이 수두룩하다. '아… 나도 아줌마 다 됐구나. 나 빼고 모든 게 다 걱정이네.' 가슴이 답답할 때면 한 번씩 찾았던 철학관인데, 그게 벌써 10년이나 더 됐다. 이젠 편하기도 하고, 그 순간만큼은 조금 마음을 내려놓아도 되는 곳이 되었다. 매번 따듯하게 맞아 주시니 오랜만에 만난 이웃집 언니마냥 쉽게 대화가 오간다. 시간이 갈수록 가까운 사람들과 걱정을 나누기엔 어려움이 있다. 기쁨은 배가 되지만, 슬픔은 나눌수록 덜어지지 않고 더해지는 것 같기 때문이다. 그래서 한 번씩 이렇게 철학관을 다녀오면 생각의 정리가 될 뿐더러 마음을 다잡는 데 도움이 된다. 사주팔자 그게 뭐라고, 올해 신년운세를 술술 말씀해 주신다. 지금도 충분하다고 잘하고 있다는 격려를 해주셨는데, 마지막으로 꼭 해줄 말씀이 있다고 하신다.

"너무 열심히 살지 마. 너무 잘하려고 노력하지 마."

네? 열심과 노력 없이는 살아본 적 없는데… 수프 없는 라면, 못 뛰는 개구리, 미터기 없는 택시, 김 없는 김밥이 말이 안 되는 것처럼… '열심히'가 없는 내가 그렇다. 적당히 할 법도 한데 설렁설렁하는 법이 없다. 생각해 보면 거저 얻는 것은 미덥지 않았다. 노력 없이 얻은 대가라 쉽게 잃을까 두려웠고 떳떳하지 못한 마음이 오히려 불편했다. 그래서 모르는 것도, 또는 어려운 것도 더 잘하는 척, 할 수 있는 척했던 것 같다. 이런 이유로라도 열심히 안 할 수가 없었다. 모르면 모른다, 힘들면 힘들다 하지 않았고, 남에게 쉽게 부탁도 안 했다. 혼자 짊어지고 해오던 습관이 어디 가겠는가. 이런 어리석고 바보 같은 센 척으로 나는 여전히 고단하다. 설마, 이걸 눈치챈 걸까?

쉬운 일은 없다. 하지만 힘든 일에는 그만한 대가가 따른다는 걸 알고 있다. 센 척이 필요할 때면, 카르페디엠을 속으로 되뇌고 '이 또한 지나가리라.'를 주문처럼 외며 마음을 다잡는다. 그런 일들을 해내고 나면, 말로는 표현이 안 될 만큼 큰 희열감을 느낀다. 그리고 그 감정 사이에서는 '이 또한 지나갔구나.'를 외치고 있다. 이렇게 지나간 일이 된다는 것은 그만큼 또 하나의 경험이 생겼다는 것이고, 이 경험에서 얻은 노하우와 지혜는 돈으로도 환산할 수가 없다. 노력의 결실을 맛본 사람이라면 누구나 그럴 것이다. 그래서 더 하게 된다. 노력하면 이루어지니까 말이다.

나를 잘 모르는 사람들은 "혜원이는 참 운도 좋아."라고 말한다. 내가 거저 얻은 게 많다고 생각한다. 무엇을 해도 결과가 좋다며 내 속도 모르는 소리들을 하는데, 정말 이 세상에 거저 얻어지는 게 있다고 생각할까? 다행히도 나를 묵묵히 지켜봐 준 사람들은 그렇게 말하지 않는다. 오히려 노력의 결실이라며 나를 인정해 준다.

나는 거저 잘되는 것보다 이유가 분명한 것을 좋아한다. 노력한 만큼의 대가 말이다. 그런데 너무 열심히 살지 말라니… 노력하지 말라니….

『원인과 결과의 법칙』이라는 명상적 삶에 관한 책에 이런 내용이 있다.

"황금이나 다이아몬드는 거저 얻어지지 않는다. 오랜 세월 수 없이 헤맨 뒤 찾은 광맥을 깊이 파고 들어가 길고도 험난한 탐사와 채굴 과정을 거쳐야만 비로소 손에 넣게 되는 것이다."

쉽게 얻어낸 결과보다 열심히 노력했을 때의 결괏값이 다르다는 내 생각을 그대로 글로 옮겨 놓은 것 같았다.

나는 왜 '적당히'가 어려운 걸까? 그게 무엇이든 쉽게 지나가는 법이 없다.

이 세상에 '거저'란 없다. 아직 해야 할 것이 끝도 없이 펼쳐지는 나에게 열심히 살지 말라는 것은 제일 어려운 숙제가 되어버렸다. 그날, 그 철학관에서 들었던 이야기의 말뜻을 충분히 이해하지만, 나는 그 말을 나만의 생각으로 재해석하기로 했다. 그때의 너무 열심히 하지 말라는 말은, 어쩌면 지금까지 잘해왔다는 의미일지도 모른다.

1. 일상 속 일어나는 갖가지의 일들을 대하며 '열심히' 해야 할 것들을 구분 지어 보기.

2. 선택과 집중을 통해 중간 타협점 찾아보기.

3. 현명한 변화를 위해 노력하기.

잘하는 척, 할 수 있는 척 지금까지 해오던 센 척 말고 고단한 나를 위해 현명한 결심을 적어본다.

[센 척]에 관한 당신의 이야기를 들려주세요.

Ep. 6

첫 경험

'처음'이라는
것이
주는
특별함

그러니 우리 꼭 다시 만나요

홍작가

내 기억 속 첫 번째 우리 가족이 함께 살던 집은 아주 좁고 초라한 월셋집이었다. 10평이나 되었을까? 그 작은 집에 아빠, 엄마, 언니, 나, 동생 그리고 친할머니까지 함께 살았다. 가진 것 하나 없는 데다가 최종학력이 고작 초졸이셨던 아빠는 우리에게 가난을 물려주기 싫다는 이유 하나로 부단히 노력하셨다. 언젠가 집에 쌀이 떨어져 우리 삼 남매가 굶게 생기자 쌀을 빌리러 나간 엄마 모습을 보고 정신이 번쩍 들었다는 아빠. 그 이후로 아빠의 목표는 딱 하나였다고 한다. 우리 삼 남매가 편안한 집에서 잘 먹고, 잘 사는 것!

마침내 내가 초등학교 2학년이 되던 해 아빠의 소원은 현실이 됐다. 넓은 정원에 화장실도 세 개나 있는 근사한 전원주택으로 이사하게 됐다. 건축가이셨던 아빠가 직접 지은 집이었다. 마당에는 드라마에서 나오는 부잣집 정원처럼 잔디를 깔아 주셨고, 내가 좋아하는 앵두나무도 두 그루나 심어 주셨다. 아빠 차고에는 깨끗한 자갈이 뽀얗게 깔려 있었고, 담장에는 장미 넝쿨이 가득했다. 그렇게 우리 가족은 아빠의 소원대로 그 집에서 행복했다. 내가 세상에서 가장 사랑하는 아빠가 하늘나라로 가시기 전까지는….

갑작스러운 사고였다. 신문이고, 뉴스고 아빠의 사고 소식으로 가득했지만, 장례를 치르느라 뉴스를 직접 보지는 못했다. 그런데 장례식장 테이블 위에 놓여 있는 신문에서 아빠 사고 소식을 담은 기사를 보게 됐다. "충북 단양 경비행기 추락, 슬픔의 축하비행…"

사업을 하시던 아빠는 내가 초등학교 5학년 되던 해에 경비행기를 구매하셨다. 어느 날 여행지에서 우연히 경비행기 체험을 하신 아빠는 그 자그마한 비행기에 몸을 싣고 하늘을 날던 그때의 기분을 잊지 못하셨다. 그러더니 어느 날 갑자기 경비행기 조종을 배우고 싶다며 비행클럽에 등록하셨고, 그렇게 갑자기 초경량 항공기 면허증을 취득하셨다. 그리고 또 어느 날 갑자기 엄마 몰래 비행기까지 사들이신 거다. 그 후 아빠의 취미는 비행이 되었다.

당시 전국에 초경량 항공기 조종 면허를 가진 사람은 50명도 채 되지 않았고, 그중에 개인 소유 경비행기를 가진 사람은 아빠를 포함해서 고작 6~7명 정도밖에 되지 않는다고 들었다. 그도 그럴 것이 그게 벌써 약 30년 전 일이다. 아빠는 하늘 위에 있는 순간을 무척 행복해하셨다. 그래서였을까… 아빠가 그렇게 좋아하시던 당신의 마지막 장난감, 그 비행기와 함께 하늘나라로 가버리셨다.

누군가가 나에게 딱 하나의 소원을 들어줄 테니 이야기해 보라고 한다면, 나는 고민도 없이 이렇게 말할 것이다.

"내가 사랑하는 모든 사람이 나보다 더 오래 살다 가게 해주세요."

"회자정리會者定離" 만남이 있으면 반드시 헤어짐이 존재하고, "생자필멸生者必滅" 생명이 있는 것에는 반드시 죽음이 있다. 이 사실을 거스를 수 없기에 나는 내 소원을 기꺼이 내가 사랑하는 모든 사람이 나보다 더 오래 살게 해 달라고 비는 데 쏟을 것이다.

한없이 자상했던 아빠, 엄마를 보석처럼 아끼셨던 아빠, 인정이 넘치셨던 아빠, 늘 친구처럼 다정했던 아빠…. 그런 아빠의 부재는 한동안, 아니 꽤 오랜 시간 우리 가족을 힘들게 했고, 매일 아침이면 우리를 깨우시던 목소리가 귓가에 환청처럼 맴도는 듯했다.

사랑하는 가족의 죽음을 마주한다는 것은 어떤 느낌일까? 누군가가 나에게 물어본다면, 나는 그 고통을 말로 표현할 재간이 없다. 어떤 묘사로도 그 순간의 감정과 아픔을 담아낼 수 없기 때문이다. 영원할 것 같았던 것이 영원하지 않음을 알게 되고, 당연할 것 같았던 것이 당연한 게 아니라는 것을 알게 되는 순간. 살면서 절대 느껴보고 싶지 않은 감정과 그 첫 경험을 나는 내 나이 고작 15살에 겪게 되었다. 그리고 그 후, 나는 다시는 마주치고 싶지 않은 그 순간들을 계속 마주하며 살아가야 했다. 소녀처럼 예뻤던 우리 엄마, 내가 태어나기 전부터 우리 가족으로 함께하고 계셨던 친할머니, 아빠의 모습을 닮아 더욱 많이 의지했던 사촌오빠, 그리고 정말 아끼던 친한 동생까지….

내가 좋아하는 박광수 작가님의 『엄마, 죽지 마』라는 책을 보면 이런 문구가 나온다.

"산 것이 죽은 것에 기대어 산다는 말, 이제야 이해됩니다."

이 글을 읽는데 가슴이 먹먹했다. 나의 그 쓰리고 아팠던 첫 경험, 어느덧 20여 년이나 지났지만, 여전히 가슴 한구석에는 그날의 아픔과 충격이 고스란히 남아있다.

첫 경험은 언제나 설레고, 즐겁고, 짜릿한 순간들로만 이루어진 줄 알았다. 첫 경험이란 단어가 잔인하고, 두렵고, 무서운 것일 수도 있다는 사실을 아빠를 보내던 날 처음 깨달았다.

지금껏 나에게 가장 큰 사랑을 주었던 사람, 그리고 내 인생 첫 번째 사랑이었던 사람. 그런 아빠를 보내고 오는 길은 유난히도 더웠다. 그때의 온도, 그때의 바람, 그때 내 손에 들려있던 국화꽃 향기 하나까지 나는 여전히 기억한다. 그렇게 아빠는 나를, 그리고 우리 가족을 떠나갔지만, 나는 아빠를 아직 떠나보낸 적 없다. 기쁠 때도, 슬플 때도, 그리고 힘이 들 때도 여전히 내 가슴속 어딘가에서 나와 함께하고 계시는 아빠. 그런 아빠는 내가 지치지 않도록 매 순간 힘과 용기를 전해 주신다. 그리고 나만 들을 수 있도록 나지막하게 속삭이신다.

'민아(어릴 적 집에서 부르던 이름이자 나의 태명), 잊지 마. 넌 늘 아빠의 자부심이라는 것을….'

어느덧 25년이란 시간이 흘렀다. 그동안 아빠의 빈 자리와 그로 인한 슬픔은 다른 삶의 기억들로 채워지고 덮여 제법 희석되었다. '그걸 어떻게 잊어.'라고 생각하며 꽁꽁 묶어두겠다던 아빠와의 그 많던 추억들도 점점 흐릿해졌다. 아니, 이제는 그게 언제였는지 가물가물하기까지 하다. 하지만 내가 아빠의 자부심이란 사실은 눈 감는 날까지 절대 잊지 않을 것이다.

그래, 난 아빠의 자부심이었지. 하늘에서 내 모습을 지켜보고 흐뭇해하실 아빠를 위해 더 열심히 사는 딸이 되어야지.

'보고 싶어요 아빠. 그러니 우리 꼭 다시 만나요.'

어서 와.
이런 신세계는
처음이지?

류작가

2002년 대한민국을 뜨겁게 만들었던 그해.

우리 선수들은 16강을 목표로 열심히 뛰었고, 온 국민은 한마음으로 응원했던 그해.

16강에서 8강으로, 8강에서 4강으로!

어디를 가나 "꿈은 이루어진다"라는 슬로건을 쉽게 볼 수 있었고, 지나가는 자동차 경적 마저 하나가 되어 같은 마음으로 응원했던 그 시절. 아마 2000년 이후에 태어난 사람들은 전설로만 전해 들었을 그런 이야기.

나 역시 그랬다. 뉴스로만 전해 들을 수밖에 없는 월드컵이었다. 2002년, 나는 일본으로 훌쩍 떠나게 되었다. 아니 어쩌면 엄마의 권유로 떠나보내진 게 맞을 듯하다. 더 큰 세상을 향해 눈을 키워주고 싶으셨던 엄마는 일본으로 이민 가서 살고 있는 외사촌 언니에게 나를 맡기셨다. 삼 남매 중 언니와 남동생의 부러움을 사면서 그렇게 나 혼자 일본으로 향하게 되었다.

공항에 들어서는 순간부터 모든 것이 나에게는 처음 보는 세상이었다. 19년간 한 번도 비행기를 구경도 못 해 본 내가 혼자서 캐리어를 끌고 공항에 있다니. 그 어린 나에게는 인천공항이 너무나도 큰 공간으로 느껴졌다. 걸어 다니는 에스컬레이터(무빙워크)도 처음 보게 되었고, 면세점도 처음 구경했다. 모든 것이 신기하고 새로웠다. 비행기 타는 입구(게이트)들은 왜 이리 많은 것일까. 사람들에게 물어가며 비행기에 무사히 탑승은 했지만, 안전벨트를 다시 푸는 방법을 몰라서 나만 이대로 비행기에 갇혀 있는 것은 아닐까 하며 남몰래 식은땀을 흘렸던 에피소드까지.

우여곡절 끝에 나는 일본 땅에 무사히 첫발을 내딛게 되었다.

두둥. 그때부터 나에게는 또 다른 세계가 펼쳐졌다. TV에서나 보던 다른 나라 사람들을 직접 만나고, 같이 대화도 하며 일상을 살아가는 이 모든 상황이 꿈만 같았다. 재미있는 것은 꿈에서는 여전히 한국이었다.

일본에서의 생활이 일주일도 채 되지 않았을 무렵, 말로만 듣던 지진을 경험하게 되었다. 친척들과 저녁 식사를 하던 중 갑자기 그릇이 흔들리더니, 내 몸까지 흔들렸다. 인생 첫 지진이었다. 다행히 규모가 작은 지진이었지만 나는 생전 처음 느끼는 진동에 혼비백산하며 무의식적으로 식탁 밑으로 몸을 숨겼다. 하지만 지진보다 더 놀랐던 것은 나머지 사람들의 반응이었다. 모두 아무렇지 않게 식사를 이어가고 있는데 나 혼자 식탁 밑에 쭈그리고 있던 것이다. 일본은 지진이 일상이었던 것일까? 지진이라고 하면 벌떡 일어나던 나도, 한 달쯤 지나니 그 정도는 자장가처럼 느껴졌다.

일본 길거리에서는 어린아이에서부터 성인들까지 자전거 타는 모습을 흔히 볼 수 있었다. 자동차 운전석이 반대 방향인 것도, 젊은 여성들이 길거리에서 담배를 피우는 모습도, 그리고 그것을 아무렇지 않다는 듯 여기는 일본 사람들도 나에게는 모두 충격이었다.

한번은 혼자 레스토랑에 간 적이 있었다. 히라가나도 모르던 나는 도대체 무슨 생각으로 혼자 밥을 먹으러 간 건지 그 순간 뜨끔했다.

'아 맞다. 나 일본어 못 알아듣지….'

그동안은 외사촌 언니가 함께 다니며 통역을 해주었기에 어려움을 몰랐던 것이 습관이 되어 겁도 없이 혼자 길을 나섰던 것이었다. 그 당시 한국에서는 혼자 밥을 먹는 일이 익숙하지 않았지만, 일본에서는 '혼밥'이 자연스러운 문화였다. 그렇기에 나도 한번 경험해 보고 싶었다. 아무거나, 정말 아무거나 메뉴를 정했다. 주문받는 직원이 추가 질문을 하면 무조건 손으로 OK를 보여주며, 좋다고 했다. 결국 내가 생각한 음식은 아니었지만, 주는 대로 한 끼 식사를 마쳤다.

'이러다가 국제 미아가 될 수도 있겠다.'라는 생각으로 한동안은 혼자 외출하지 않기로 결심했다. 그날 밤부터 마음을 먹고 히라가나, 가타카나를 모조리 외우기 시작했다. 생활 일본어를 큰 전지에 적고 벽에 붙여놓고, 수시로 읽고 발음하며 암기했다.

외사촌 언니가 운영하는 한국 음식점에서 아르바이트하며, 점점 일본문화에 익숙해졌다. 친분이 생긴 단골손님들에게 '독도는 우리 땅'이라고 설명해 주던 뜬금없는 모습도 생각이 난다. 일본인 친구들을 사귀다 보니 자연스레 일본어도 함께 늘었고, 일본으로 유학 온 한국 친구들을 만날 때면 향수에 젖어 한국 이야기를 하느라 밤을 새우기도 했다.

이렇게 나는 우여곡절 많던 일본 생활이 익숙해질 무렵, 다시 한국으로 돌아오게 됐다.

사람들은 어린 나이에 타국에 나간 것이 두렵지 않았냐는 질문을 한다. 왜 두렵지 않았겠는가. 당연히 두려웠다. 하지만 그 두려움을 이길 수 있었던 것은 젊은 패기와 도전정신이었다. 나 스스로에 대한 한계에 부딪혀 보고 싶었다. 물론 지금 다시 하라고 하면 절대 할 수 없는 일이다.

그곳에서 생활은 나의 20대를 어떻게 살아가야 할지 알려주는 지침서가 되었다. 우물 안 개구리라고 했던가. 내가 보고, 듣고, 느끼고, 경험했던 것만이 전부라고 생각했는데 바다 건너 다른 세상을 엿보고 오니 내가 모르는 여러 세계가 존재함을 확실히 느끼게 되었다.

마치 꿈속을 거닐며 온갖 신기한 경험을 하고 다시 꿈에서 깬 듯한 기분이었다. 그 후로도 매년 일본을 오고 갔지만, 그때 느낀 나만의 신세계는 그 시절에만 느낄 수 있었나 보다. 그때의 추억은 그림 속 한 장면으로 내 기억 속에 고이 남기기로 했다.

나를 마주했던 첫 경험

이작가

학창시절에는 내가 갖고 싶은 것을 찾기보다는 다른 사람이 가지고 있는 것이 좋아 보이면 그것을 가지려고 노력했던 것 같다. 그래서인지 쉽게 싫증을 내거나, 원하는 것을 얻고 난 후에도 만족감이 오래가지 못했다. 성인이 된 후 어떻게 살아가야 하는지 고민하는 순간에도 다른 사람들이 살아가는 모습을 보며 그것이 '정답'이라 생각하기도 했다. 불만족스러운 삶을 살고 있어도 무엇을 해야 내가 행복할 수 있는지 찾는 것은 생각보다 어려운 일이었다. 그렇게 어설픈 20대를 보내왔다.

병원에 근무할 당시에도 3개월에 한 번씩 퇴사를 결심하며, 내가 가고 있는 방향이 맞는지 늘 의심하곤 했었다. 지금 생각해보면 아무것도 하지 않고 갑자기 나의 능력이 올라가서 무언가 '뚝딱' 이루어지길 바랐던 것 같다.

어느 날, 치료를 마치고 돌아가는 내원객 한 분이 기분 좋은 인사말을 건넸다.

"어쩜 이렇게 친절해요? 올 때마다 기분이 좋아요."

짧은 인사말이었지만 꾸역꾸역 하루를 보내는 나에게 너무도 고마운 말이었다.

생각해보니 나는 주변에서 인정을 받았던 경험이 많았다. 아르바이트하면서도 늘 인정을 받았고, 부모님과 주변 사람들로부터 "뭐든 잘할 것 같다."는 말을 자주 들어왔다. 하지만 정작 나 자신은 스스로를 신뢰하지 못했다.

당시 나는 치과병원에서 환자들을 상담하거나, 병원 운영에 필요한 전반적인 일들을 맡아서 해왔다. 병원 경력은 있었으나, 치과에서의 업무는 처음이라 치과 내원객을 응대하는 것은 생각보다 쉽지 않았다. 새로운 직장에 적응하는 과정은 신입이든 경력이든 부담되고 어려운 일인 것 같다. 내원하는 환자들이 날을 세워 불만이라도 이야기하는 순간에는 내가 겪지 않아도 되는 일을 마치 이 병원을 선택했기에 겪는 것처럼 느껴졌다.

우리 병원 앞에는 큰 서점이 하나 있었다. 그곳에 들러 나의 고민과 가장 비슷한 책들을 몇 권 구입했다. 그리고 그 책들을 틈틈이 읽으며 필요한 내용은 메모하고, 내 삶에 조금씩 적용하며, 새로운 나를 만들어나갔다. 나를 위한 첫 번째 노력이었다. 지금도 책장에 꽂혀있는 그 당시 읽었던 책들을 보면 그 시절 나의 마음이 어땠었는지 고스란히 느껴진다.

업무에 필요한 공부와 사람에 관한 공부가 모두 필요했다. 환자들을 어떻게 응대해야 하는지, 그리고 어떤 상담이 더 설득력이 있는지 모두 알아야 했다. 다양한 치료사례를 찾아보고, 상담과 관련된 책들도 꾸준하게 읽었다. 우리 병원은 프랜차이즈 병원이었기에 주기적으로 본원에 방문하며 본원 시스템에 관한 공부도 빼놓지 않았다. 필요한 내용은 팀원과 공유하며, 병원의 만족도를 올리기 위해 노력했다.

그러한 노력은 나를 점차 병원에서 주도적인 사람으로 만들었다. 신입직원이 입사하면, 병원의 시스템과 환자 응대법을 교육해주었고, 클레임이 발생하면 취합하여 주 1회 회의를 통해 병원 시스템에 적용하였다. 이 업무를 몇 년 해오다 보니, CS강사가 되고 싶다는 꿈이 생겼다. 내가 해 보고 싶은 일을 찾은 것은 처음이었다.

사실 인생에서 속도가 중요한 것이 아닌데 나는 남들보다 빠르게 나아가고 싶었다. 하지만 둘러 보니 남들보다 경쟁력 있고 뛰어난 사람은, 묵묵하게 자신의 길을 걷고 있는 사람이었다.

노력한 만큼의 결과를 얻지 못하면 억울하거나 섭섭하기도 하지만, 내가 투자한 시간만큼의 변화는 언젠가 다른 방식으로라도 분명 얻을 수 있다고 생각한다. 그리고 그러한 시간이 쌓이다 보면 내 인생에서 생각지 못한 첫 경험을 하게 되는 것 같다.

"사람들은 흔히 나이를 먹으면 포기해야 하는 것들이 생긴다고 말하지만, 사람들이 포기하기 때문에 나이를 먹는다고 생각한다."

미국의 정치가 시어도어 프랜시스 그린이 했던 이야기 중에 밑줄을 꽉 그은 대사이다. 나이와 구분 없이 배움에 관한 관심은 누구나 필요하다. 그리고 그러한 경험들은 그냥 무시하거나 지나치는 것이 아닌 충분히 존중하여 내 삶에 적용해보는 것이 중요하다.

지루하고 따분한 시간이라고 생각할 수 있다. 어쩌면 사회 초년생 시절 내가 했던 생각처럼 '시간이 다 해결해주지 않을까.', '하다 보면 되지 않을까.'라는 막연한 생각으로 시간을 보내게 될 수도 있다. 그러한 생각을 깨고 나와야 한다. 나에게 문제가 있으면 정면으로 문제를 마주하고 어떻게 노력할 것인지 작게 쪼개서 책임을 져야 한다. 보통 우리는 이걸 '실천'이라고 부른다.

내가 노력한 과정을 현장에 적용해보고 성취를 맛본 사람들은 얼마나 즐거움의 시간인지 알 수 있다. 후회가 남지 않도록 열정을 가져보는 것. 결국 많이 보고 배운 사람이 새로운 것을 경험하고 만들어 낼 수 있다.

흥분의 도가니

김작가

보통 사람들은 그때의 공기, 온도, 냄새, 분위기 등을 통해 특정 순간의 기억을 다시 떠올리게 된다. 나에게 있어서는 노래가 그렇다. 길을 지나다가도 귓가에 들리는 멜로디나 가사 하나에 잊고 있던 추억들이 꿈틀꿈틀 되살아난다. 노래는 그때나 지금이나 추억과의 연결고리가 가장 깊은 것 같다. 그리고 셀 수도 없을 만큼 많은 추억이 담겨있다. '그즈음에 들었던 노래'는 강하게 강렬한 감정을 불러일

으키고 그때의 기억을 되살려 놓는다.

나는 Music을 좋아한다. 그렇다고 한번 들으면 잊지 않을 만큼의 절대음감도 아니고, 좋아하는 장르나 선호하는 멜로디가 딱히 있는 것도 아니다. 다만, bpm이 빠른 음악은 언제나 좋다. 빠를수록 나를 정말 흥분하게 만든다. 가슴이 터질 것 같고, 두근거리고, 소리 지르며 미친 듯이 뛰고 싶어진다. 그러다 보면 어김없이 떠오르는 순간들이 있는데….

열여섯 살, 중학교 3학년 때 친구를 따라 처음 가게 되었다. 고막이 터질 만큼 큰 음악 아래 오와 열을 맞춰 줄을 짓는다. 그러고는 너 나 할 것 없이 같은 동작의 춤을 추던 곳이 있었다. 중3이었던 나에겐 입이 떡 벌어질 만한 큰 경험이었다. 한 타임 동안 빠른 bpm과 함께 군무를 추다가 쉬는 시간이 되면 콜라를 마신다. 입장할 때 받은 입장권과 콜라를 교환할 수 있고, 콜라를 마시며 춤을 추는 이곳을 우리는 '콜라텍'이라고 불렀다. 콜라+디스코텍의 합성어로 청소년들이 콜라를 마시며 건전하게 춤을 추고 음주와 흡연이 금지된 문화공간 콜라텍. 16살의 나에게 빠른 bpm과 큰 음악 소리의 첫 경험은 가히 흥분의 도가니였다.

그렇게 크고 빠른 음악 속에 친구와 말 한마디라도 나누려면 고래고래 소리를 질러야 했던 것도 정말 웃긴 첫 경험이었다.

콜라텍의 붐이 오랫동안 지속되지는 않았지만, 그때의 여운은 여전히 내 추억 속에 강렬하게 남아있다. 이십 대가 되는 상상을 하며 기대했던 것 중 하나는 당당히 신분증을 제시하고 술집과 나이트를 가는 것이었다. 그때를 생각하면 당연히 좋은 추억이 가득하지만, 그 기억 너머에 아쉬운 것이 몇 가지 있다. 20대 초반의 젊은 에너지를 술 마시고 춤추는 것에만 몰두했던 것 말이다. 그때만 할 수 있는 다양한 경험들을 해 보려 하지 않았다는 것이 특히 아쉽다. 용돈을 모아 세계 여행을 해 본다든가, 칵테일과 보드카 등 다양하고 맛있는 술맛을 경험해 본다든가. 북 카페에 가서 여유 있게 커피 한잔 마시며 책장을 넘겨 본다든가… 이런 추억이 거의 없다. 30대 후반인 지금은 오히려 그렇게 지내고 있지만, 지금 내가 20대가 아니라는 것이 제일 큰 함정이다. 나는 only 소주 아니면 맥주였다. 거기에 큰 소리의 빠른 bpm까지 있으면 정말 신나고 즐거웠다.

스무 살, 매일같이 드나들던 곳이 있었다. 하루가 멀다 하고 주야장천 다녔는데, 주말은 물론이고, 학교 방학이라도 할 때면 일주일의 7일보다 더 많이 간 적도 있다. 너무 흥분되고 신나고 그렇게나 좋았다. 빠른 bpm과 빵빵 울리는 사운드의 매력을 가진 이곳은 '나이트'였다. 단연코 스피커 앞자리는 언제나 인기가 좋았다. 그때를 회상하며 글을 쓰고 있는 지금 상상만으로도 점점 텐션이 오르는 것 같다. 나이트에 가서 부킹을 한다든지, 들입다 술만 마신다든지 이런 것도 아니었다. 그저 큰 사운드 아래 몸을 맡겨 둠칫둠칫 춤을 추던 기억밖엔 없다. 콜라텍과 달랐던 건 콜라 대신 맥주와 양주를 마신다는 것, 그리고 성인이 되었다는 것. 콜라텍보다 짜릿했다! 음악 소리는 더 컸고, 더 빨랐으며 나이트의 첫 경험은 흥분의 도가니였다.

스무 살부터 시작된 나이트 사랑은 3년 정도 지속되었다. 대학교 졸업과 동시에 취업하였고, 부모님께 나잇값 하는 모습을 보여드리고 싶었기에 성실하고 열심히 사회생활을 이어 나갔다. 회사에 대한 책임감도 중요했고, 나는 점차 어른이 되어 가고 있었다. 이십 대 초, 노는 것을 젤 좋아했던 나였지만, 이십 대 후반은 그저 평범한 직장인이 되어 있었고, 서른 살엔 지금의 남편과 결혼했다. 그렇게 결혼 후 4년 만에 나는 세 아이의 엄마가 되어 있었다. 아이 셋과 식당 한 번 제대로 못 가는 육아의 나날을 보냈지만, 어디선가 들리는 크고 빠른 bpm에 여전히 가슴이 찢어져 버릴 것 같이 텐션이 올라가곤 했다.

"아 못 속여, 몸이 반응해. 나 뛰고 싶어! 미친 듯이 뛰고 싶어! 흔들고 싶다고!!!

서른다섯 살, 우리 동네에 트렌디한 인테리어와 기구들을 갖춘 헬스장이 생겼다. 기다렸던 만큼 오픈도 하기 전에 1년 치를 가입했다. 오픈 첫날, 야심 찬 마음으로 헬스장을 들어서는데, 순간 가슴이 벅차고 텐션이 훅 올라가는 느낌을 받았다.

'나 저거 해야 해. 나 정말 해야 해. 나 무조건 해야 해. 그래야 우리 삼 남매 키운다!'

잊었던 자아를 다시 찾게 된, 첫눈에 반해서 시작한 운동, 그것은 바로 '줌바'였다. 이제야 알게 된 줌바는 내 인생에 다시 찾아온 흥분의 도가니 그 자체였다. 육아와 일을 병행하는 나에게 어떠한 방해도 받지 않는 하루 한 시간, 남들의 시선을 신경 쓰지 않아도 되는 이 공간, 이 텐션, 이 익숙한 느낌이 정말 좋았다. 내가 좋아하는 큰 음악 소리와 빠른 bpm을 들으며 사방팔방 빠르게 돌아가는 조명이 거울에 비치고, 그 조명 아래 나는 들썩들썩 춤을 춘다. 정말 치명적으로 좋다. 적당한 때에 찾아온 내 인생의 선물이었다. 줌바의 첫 경험은 열여섯 살 처음 콜라텍에 갔을 때보다 훨씬 강한 흥분의 도가니였다!

사랑하는 나의 아들딸들아,

아직도 어디선가 빠른 음악이 나오면 엄마는 기분이 좋아진단다.

가끔 이런 엄마의 모습을 더 따라 하는 너희들을 보며

다 같이 배꼽 잡고 웃지만,

이런 엄마를 이해해다오.

엄마도 좋아하는 것이 있고

엄마도 즐길 줄 아는 사람이란다.

너희들도 좋아하는 것, 잘하는 것을 발견하고

늘 엄마처럼 즐기길 바란다.

[첫 경험]에 관한 당신의 이야기를 들려주세요.

Ep. 7

고백

여기서만
할 수 있는
이야기

당신은 인생에 치부의 순간이 있나요?

홍작가

살다 보면, 알아봤자 서로 불편하기만 한 진실 따위 차라리 모르는 편이 낫지 싶어 일부러 숨기는 사실들이 있다.

이를테면, 시댁에서 드라마를 보다가 일진 장면이 나왔는데 그녀들의 몰상식함을 지적하던 시부모님이 학창시절 노는 언니였던 내게 "우리 성미는 학교 다닐 때 안 그랬지?"라고 묻는다든가, 보이지도 않는 속옷 하나까지도 깐깐하게 고른다며 친구들 사이에서 '예민덩어리' 로 불리는 내가, 하필 위아래 짝짝이 속옷을 입은 날 친구들이 사우나 가자고 꼬신다든가, 아니면, 남편과 함께 밥을 먹으러 들어간 동네 유명 맛집에서 우연히 옛 남친을 만났는데 빌어먹을, 눈치 없는 개나리 십장생 같은 그 새끼가 나한테 아는 척을 한다든가….

그런 순간이 오면 나는 공인인증서 비밀번호를 연달아 네 번 틀렸을 때보다 더 신중하고 진지하게 머리를 굴려 대답을 만들어 낸다. 신이 나에게 주신 장기 중 내가 생각해도 이건 정말 "Nice"다 싶은 하나를 꼽자면 누구보다 빠른 위기대처능력과 단 한 번도, 그 누구에게도 밀려본 적 없는 말발이라고나 할까?

그렇게 나는 시부모님 앞에선 학창시절 일진이랑은 전혀 거리가 먼 (반장, 부반장을 번갈아 맡아오며 공부도 곧잘 하고 학교에서 인기도 많았던 아주 예쁘고 착한) 학생이었고, 나에게 여자들이 말하는 '그날'의 의미는 배란주기나 난자의 생산과 소멸 따위와는 전혀 무관하게도 짝짝이 속옷을 입고 있는 날이 되어버렸으며, 우리 동네 유명 맛집에서 아는 척하던 그 눈치 없는 개나리 십장생 새끼는 0.3초 만에 대학생 시절 아르바이트 동기로 전향해버렸다.

아마 나만 알고 싶은 그런 비밀의 순간들을 누구나 하나쯤은 간직하고 살고 있을 것이다. 아니, 어쩌면 그 기억들 속에는 영원히 다시 꺼내고 싶지 않은 시간도 존재할지 모른다. 나에게도 그런 시간이 있다.

아들의 두 돌을 한 달 앞둔 어느 날 우리 부부의 불화는 걷잡을 수 없이 커졌고, 마침내 별거를 하게 되었다. 당시 나와 그 사람에게 별거의 의미는 회복을 위한 시간이 아닌, 이혼을 준비하는 과정 중 하나였고, 그 과정에서 함께 같은 공간에 있는 것이 불편하다 여긴 서로가 각자 편한 방법을 찾아 내린 결정이 바로 별거였다. 그렇게 그 사람과 나의 이혼 여정은 시작되었다.

내 나이 스물아홉, 결혼 후 남편한테 생활비를 타 쓰며 살아오던 터라 모아 놓은 돈은 당연히 없었다. 결혼 전에도 강의를 해 오긴 했지만, 서울 생활을 접고 대전으로 내려오게 되면서, 그리고 아이가 태어나면서 자연스레 경력단절이 되었다. 그런 내 상황에 경제적 독립은 맨땅에 헤딩과 같은 일이었다. 하지만 무슨 깡이었는지 이 공기 중에 흐르는 갈등의 안개만 걷어낼 수 있다면, 그것만으로도 숨통이 트일 것 같았기에 양육비나 위자료는 바라지도 않았다. 아니 더 정확하게 말하자면 그때 당시 내가 아는 이혼은 '함께해 오던 부부가 더 이상 함께하지 않고 남이 되는 것' 정도가 전부였기에 그 이상도, 이하도 생각하지 못했다. 그냥 무식하고 미련하게 이혼을 했다. 그렇게 나는 빈털터리 이혼녀가 되었다.

이혼 후에도 한참 동안은 경제적인 부분에서 많은 어려움을 겪으며 살아야 했다. 부모들이 흔히 말하는 "기저귓값 벌려고 일한다."라는 말이 나에게는 비유가 아니라 정말 진심이었다. 어쩌면 내 인생 가장 궁핍했던 시절이 그때였을지도 모른다. 내 하루를, 일주일을, 한 달을 모조리 다 뜯어서 들여다봐도 사치라는 단어는 어디에도 없던 시기였다. 3살배기 아이와 엄마가 함께 먹고 쓴 한 달 카드값이 겨우 37만 원… 눈에 넣어도 안 아픈 내 아이에게 나는 날마다 가장 저렴한 기저귀를 입혔고, 가장 저렴한 물티슈로 엉덩이를 닦아줘야 했으며, 예쁘고 좋은 과일 대신 상품 가치가 없어 늘 떨이로 한 바구니씩 모아 놓은 파지 과일만 사다 먹여야 했다.

좋은 것만 해주고 싶었고, 맛있는 것만 먹이고 싶었으며, 원하는 것은 무엇이든 해 줄 수 있는 능력 있는 부모가 되고 싶었다. 그런데 이 모든 마음가짐이 무조건 최선을 다한다고 해서 이루어지는 것은 아니며, 돈 앞에서는 선택의 한계가 있다는 것을 매주 금요일 아파트 장터에 들어서는 과일 코너 앞에서 불현듯 깨닫게 되었다.

예쁘고 싱싱한 제철 과일들을 구경하며, 어떤 바구니에 담긴 과일이 가장 맛있을지 상상하는 여느 아이 엄마들 뒤로는 항상 내가 서 있었다. 이제 막 세상의 여러 가지 맛을 느끼고, 즐기며 감탄하기 시작한 겨우 세 살 난 아들에게 그 좋아하는 과일 한 바구니 사주는 것이 그렇게나 고민되는 일이었을까? 서너 번씩 그 자릴 기웃거리며 모두가 다 떠나길 기다렸다 마침내 집어 든 바구니에는 못생긴 파지 과일이 한 소쿠리 쌓여 있었다.

집으로 돌아와 과일을 씻는데 문득 그때의 내 모든 상황들이 손안에 든 파지 과일과 다르지 않게 여겨졌다. 상처 나고, 썩어 볼품없어진 과일들을 보는데 괜스레 서러워졌고, 지금의 상황이 치욕스럽기까지 했다. 그때 나는 마음속으로 다짐했다. 내가 돈을 벌어 고민 없이 과일을 사는 순간까지 앞으로 절대 과일은 사 먹지 않겠다고… 그리고 지금의 이 기분과 설움을 절대 잊지 말자고!! 그때 나에게는 소소한 삶의 목표가 하나 생겼다. 과일을 다시 사 먹는 날이 온다면 무조건 가장 신선하고 예쁜 과일만 사 먹어야지….

나는 언젠가부터 과일이 필요하면 무조건 농산물 시장으로 간다. 산지에서 갓 수확해 온 수많은 과일이 끝도 없이 널려 있는 그곳. 그 많은 과일 중 가장 신선하고 예쁜 과일을 내 눈으로 직접 보고 골라서 사야 기분이 좋다. 수박 하나를 사더라도 집 앞 과일가게가 아니라 꼭 농산물시장으로 간다. 많고 많은 수박 사이에서 공들여 오래 살펴보다 마침내 가장 달고 예쁜 것을 골랐을 때의 희열. 누군가에게 과일 선물을 할 때에도, 제사상에 올라갈 과일을 살 때에도 무조건 가격 상관없이 가장 좋고 예쁜 과일로 골라서 산다. 그런 내 모습을 볼 때마다 가족들은 늘 나에게 "별나다."라는 표현을 쓴다.

나는 과일 앞에서 유난히 별나다. 별난 이유를 누구도 나에게 묻지 않았고, 나 역시 그간 이야기한 적이 없다. 아니, 어쩌면 그때의 시간을 마치 내 인생이 아니었다는 듯 부정하며, 억지로 기억 속에서 지우고 살았는지도 모른다. 그때의 내 모습을 아는 사람이 아무도 없었으면 좋겠다는 생각을 하며 살았다. 그래서 누구에게도 구태여 그 시절 나의 구구절절함을 꺼내어 보인 적이 없다. 굳이 알리고 싶지 않은 내 삶의 치부의 순간이었던 셈이다.

여전히 그때의 내 삶을 기억하고 싶지 않은 건 매한가지이지만, 이만큼 시간을 걸어 나와보니 그 시절의 기억이 있기에 또 이만큼 살아 낼 수 있는 억척스러움이 생긴 것이 아닌가 싶다. 순탄하고 평화롭게 살아온 사람들보다 인생의 밑바닥을 경험해 본 사람들이 위기상황에서의 대처능력과 회복 탄력성이 더 뛰어나다고 한다. 아마 그 이유는 바닥의 설움이 얼마나 차갑고, 힘든 것인지 똑똑히 기억하고 있기 때문일 것이다. 그러한 기억들은 그 상황을 빠르게 벗어나고 싶게 만드는 원동력이 된다. 그리고 다시는 그때로 돌아가지 않도록 인생의 길을 리드한다.

나에게 과일은 단순히 과일이 아닌 그 이상의 의미가 있다. 그것은 내 삶의 성장을 대변해 주는 하나의 상징이었고, 내가 더 나은 삶을 살고 싶게 만든 원동력이었다. 내 인생 가장 치부의 시간이라 여기고 숨겨 온 그때의 삶. 이제는 내 삶에서 지우고 싶은 기억이 아닌 내 삶 속 강력한 교훈을 선사한 시기로 기억하고 싶어 기꺼이 세상 밖으로 꺼내어 본다. 그리고 이 책을 읽고 있는 당신에게도 질문하고 싶다.

혹시 당신 삶에도 지우고 싶은 치부의 순간이 있나요?

기적

류작가

세상에는 누군가에게 말하고 싶지 않은 비밀 이야기가 하나씩 존재한다.

나 역시 단 한 명에게 풀어놓지 못하는 이야기가 있다. 바로 나의 가장 소중한 딸이자 나의 영원한 친구 Y. J.

2008년 아름다운 5월의 신부가 되어 가족이라는 새로운 공동체를 이루게 되었다. 신혼은 충분히 즐겨야 한다는 결혼 선배들의 조언을 듣고 6개월간 둘만의 신혼생활을 보냈다. 어느 날 너무 귀엽고, 사랑스러운 연년생의 조카들을 보면서 엄마가 되어야겠다고 결심했다. 하지만 한 달, 두 달, 석 달이 지나며 연속된 실패를 맛보게 되었다. 마음만 먹으면 임신이 될 줄 알았던 안일한 생각은 점점 우울감과 두려움으로 변해가기 시작했다.

20대 초반에 난임 전문 병원에서 근무했었는데 그토록 많이 만나왔던 난임 부부들의 상황이 설마 우리의 이야기가 될 줄이야…. 꿈에도 상상하지 못한 일이었다.

주사실에서 수많은 환자에게 주사를 놓던 내가 이제는 스스로 주삿바늘을 몸에 찔러야 하는 상황이 되었다. 병원에 안 가도 된다는 편리함과 동시에 알코올 솜으로 문질러주는 사람이 없다는 외로움이 밀려오며 만감이 교차했다.

스물다섯, 아직 젊은 나이기에 한 번에 성공하겠다는 자신감으로 걱정이 되지 않았다. 하지만 그 희망을 저버리고 첫 번째 시술은 실패로 돌아왔다. 다시 뒤이어 두 번째 시술을 준비했지만, 그 역시 성공하지 못했다.

'아니, 주변 친구들은 허니문 베이비도 잘만 찾아오고, 남편과 눈만 마주쳐도 임신이 된다는데 왜 나에게는 아이가 순조롭게 찾아오지 않는 걸까.'

당시 정부에서 난임 부부들을 위해 시술비를 3차까지 지원하고 있었기에 마지막이라 생각하고 세 번째 시술을 준비하며 병원까지 옮겼다. 다시 매일 주사를 맞아야 하는 일상이 힘들었지만, 예비 엄마들이 모인 카페 글들을 보며 서로 위로하고 응원하며 하루하루를 버텼다. 시술이 끝나고 결과가 나오는 2주간의 시간이 마치 2년과 같이 느껴졌다.

여자의 육감과 엄마의 촉은 무섭다고 했던가!

결과가 나오기 3일 전부터 이상하게 마음이 편안했다. 그간의 모든 걱정이 사라지기 시작하면서 자연스레 출산 준비를 해야겠다는 느낌이 들었다. 그렇게 세 번의 인공수정을 끝으로 그토록 원하던 "엄마"가 되었다.

너무 기다렸던 임신이라 심장 소리를 듣자마자 나는 곧장 임부복을 사기 시작했고, 아직 나오지도 않은 배를 마치 자랑이라도 하듯 한껏 내밀고 다녔다. 한 달에 한 번 태교 여행은 물론, 먹고 싶은 음식들도 마음껏 먹으며 행복한 임산부의 삶을 지내고 있었다. 33주가 되어 정기검진을 받던 날, 배 속에서 잘 놀고 있는 아가를 보며 흐뭇하게 집에 돌아왔다. 그런데 일주일 후 유난히 배 속에서 딸꾹질을 잘하던 아가는 이상하게 태동도, 딸꾹질도 예전 같지 않았다.

초음파를 보던 교수님은 고개를 갸우뚱하시면서 의미심장한 말씀을 건네셨다.

"아이가 심장은 뛰고 있어서 다행이지만, 움츠린 자세가 아니라 팔다리가 축 늘어져 양수 위에 떠 있는 것 같아요. 큰 병원으로 가 보시는 게 좋겠습니다. 만약 응급 상황이라면 출산해야 해서요. 한 주만 더 버티면 좋으련만…."

그 이야기를 들으면서 아직 상황 파악은 되지 않았으나 지금 바로 출산할 수도 있다는 말에 그저 신기하고 설레기만 했다.

의사들이 말하는 마의 34주.

그렇게 나는 난생처음 산소 호흡기를 끼고 응급차에 실려서 대학병원으로 이송되었다. 병원에 들어서자마자 1분 1초가 위태롭다며 하얀 가운을 입은 사람들이 분주하게 응급수술 준비를 하고 있었다.

몇 시간이 지났을까.

눈을 떠보니 회복실이었고, 아기의 안부를 묻는 나에게 남편은 엄마 몸이 더 중요하니 회복 먼저 하라고 했다. 배를 가르는 수술이 이렇게 힘든지 몰랐다. 침대 옆에 놓여 있는 신발을 보며 내가 다시 저 신발을 신을 수 있을까 하는 생각이 들 만큼 회복하는 데 너무 힘들었다. 아마 수술 준비를 제대로 하지 못한 상태에서 무리하게 전신마취를 해서 더 그랬을 것이다.

3일이란 시간이 지났다. 조금씩 내가 회복되고 있을 때쯤 남편이 할 말이 있다며 무겁게 말을 꺼냈다.

"여보, 우리 아가는 보내줘야 할 것 같아. 이제부터 우리가 마음 단단히 먹어야 해."

이게 대체 무슨 말이지? 농담이라고 하기에는 너무 진지해 보였다.

남편이 쪽잠을 자고 있을 때도 핸드폰을 손에 꼭 쥐고 있던 게 바로 이 때문이었구나. 언제라도 신생아 중환자실에서 연락이 오면 바로 달려가 우리 아이의 마지막을 함께하기 위해….

병원에서는 장례 절차를 위해 사망진단서에 올릴 아이 이름도 미리 준비하라고 했다. 이제 막 한 걸음씩 발을 떼며 회복하고 있는 나에게 너무 청천벽력과 같은 이야기였고, 마음껏 울고 싶어도 수술한 배가 너무 아파서 내 마음대로 울지도 못하는 상태였다. 모든 게 잔인했다.

처음 들어가 본 대학병원 신생아 중환자실. 내 눈에는 일반 신생아실과 다르지 않았다.

일반 신생아실의 아기들보다 체구가 작다는 것 빼고는.

아기 침대가 아닌 인큐베이터 안에 들어가 있다는 것 빼고는.

엄마가 손가락 하나, 얼굴 한번 만져보지 못한다는 것 빼고는.

그 작은 몸에 인공호흡기와 주삿바늘이 수없이 꽂혀있다는 것 빼고는….

우리 아가는 언제 호흡이 끊겨도 아무렇지 않은 그런 상황이었다. 태어나자마자 심폐소생술을 했고, 5분 만에 호흡이 돌아 왔지만, 그 시간이 너무 치명적이었다. 뇌에 구멍이 생겼고, 자가 호흡이 위태로웠으며, 부정맥, 부종, 황달 등 각종 병명이 차트에 수도 없이 나열되어 있었다. 담당 교수님이 말씀하시길 이런 아이는 길어야 일주일 정도 살 수 있다고 했다. 혹시 살아난다고 해도 뇌성마비는 물론 평생 팔다리를 사용할 수 없으며, 청각장애나 시각장애 가능성이 매우 크다고 했다.

힘들게 복도로 나와 창밖의 하늘을 바라보았다. 그리고 기도했다. 아니, 신에게 따졌다. 임신하는 과정도 힘들었는데 우리 부부에게 왜 또 이런 시련을 주시느냐고.

하지만 그런 원망도 잠시, 애써 마음을 잡았다. 하늘에서 왔다가 다시 하늘로 돌아가는 것이 인생의 뜻하심인 것을 겸허히 받아들이기로 했다. 그렇게 받아들이지 않으면 내가 더 미쳐버릴 것 같았으니까.

그런데 이상한 일들이 일어났다. 이런 고백을 하고 나니 마치 기다린 듯, 기적 같은 일들이 다가왔다. 작은 몸에 꽂혀있던 주삿바늘이 하나둘씩 제거되기 시작했고, 호흡도 안정적으로 돌아왔다. 게다가 유축 해 온 모유도 아주 잘 먹는다는 소식이 들려왔다. 더할 나위 없이 기뻤다. 신생아 중환자실 선생님들도 이건 정말 기적이라고 말씀하셨다. 그도 그럴 것이 우리 아가는 신생아 중환자실 중에서도 아주 최악의 상황인 미숙아 아가들이 있는 곳에 있던 아가였기 때문이다. 다시 엄마 품속으로 돌아오기 쉽지 않다는 그곳.

우리 딸은 한 달 만에 집으로 돌아오게 되었고, 처음으로 내 품에 안길 수 있었다. 교수님이 말씀하신 것과는 달리 후유증 없이 또래보다 키도 크고, 재능도 많은 예쁜 아이로 자라고 있다.

세상에는 믿기 힘든 일이 많이 일어나고 있다. 그중 힘든 일, 슬픈 일도 있겠지만 사람의 생각을 뛰어넘는 기적 같은 일들도 존재한다.

내 딸아, 네가 성인이 될 때까지 조금은 숨겨두고 싶은 이야기였지만 이제 고백할게!

우리 만남은 긴 기다림과 인내함으로 이루어진 거야.

만난 지 일주일 만에 이별의 고비도 있었지만

네가 잘 버텨주어서 엄마 품으로 돌아올 수 있었어.

기적처럼 우리가 함께하고 있듯

널 향한 하늘의 뜻은 아주 무궁무진할 거라고 엄마는 믿어.

하루하루를 당연하지 않게 기쁨과 감사함으로 살아가자.

너무 사랑한다.

나의 영원한 친구 Y. J.

저, 그런 사람 아니에요

이작가

'부지런함', '준비성' 이런 말과는 조금 거리가 먼 사람이다. 나 자신을 한 단어로 비유하는 것은 어렵지만, 허술한 점을 이야기해 보라면 하루를 세어도 모자라다. 가끔 나에 대한 평소 모습과 다른 이야기를 듣는 순간에는 먹던 커피를 뿜기도 한다.

내가 사는 집이 늘 깨끗할 것 같고, 요리 실력도 좋아 예쁜 그릇들이 주방에 가득할 것 같다는 이야기를 들었을 땐 너무 어이가 없어서 웃음이 나왔다. 하나도 겹치는 모습이 없기 때문이다. 애초에 깔끔하지 않은 사람이기 때문에 나의 모습과는 아주 달랐다.

나는 소소한 일상들은 가볍게 잘 미루기도 하는 조금 느긋한 사람이다. 공과금 납부, 잘못된 결제 내역 확인, 아이들 학교 준비물 주문하기 이런 것들은 말할 것도 없다. 소파에 털썩 기대어 아무 생각 없이 앉아 있기도 하고, 그러다가 잠이 들기도 한다.

계절이 바뀌면서 미루고 미뤘던 봄맞이 대청소가 끝이 났다. 지인들에게 주기로 했던 작아진 아이들 옷, 중고시장에 판매하려고 했던 물건들. 모두 한참 전에 생각했던 건데 이제야 정리해서 보냈다. 정말 미루기 대장이다.

'이렇게 쉽게 끝낼 수 있는 걸, 왜 이렇게 미뤘지?'

막상 하면 몇 시간 걸리지도 않는 일들을 여러 가지 핑계를 대며 미루고 느긋하게 하루하루를 보내왔던 것 같다. 어느 날은 온종일 게으르게 보내다가도 다른 날은 꽤 부지런히 움직이는 들쑥날쑥한 날들이었다.

나는 가지고 있는 대단한 취미도 없다. 그동안 해왔던 필라테스와 요가는 취미라고 자랑할 것까지는 아니다. 삶의 에너지가 떨어지는 날이면 무기력한 느낌이 싫어서 억지로 센터에 찾아갔기 때문이다. 운동 갈 시간이 되면 늘 가야 할지 말아야 할지 고민이 되었으니 말이다.

그렇다면 맛집 탐방? 이것도 아닌 것 같다. 맛있는 음식을 찾아서 먹는 것은 좋아하지만, 멀리까지 가서 줄을 서고 먹는 시스템은 나와 맞지 않는다. 영화… 음악… 운동… 아무리 생각해도 나에게 취미는 없다. 사람들을 만났을 때 취미가 뭐냐고 물어보면 뭐라도 이야기해야 할 것 같다는 생각이 들 때도 있었지만, 목적이 없는 삶은 아니니까 괜찮았다.

살아가는 방식은 모두 다르겠지만 이렇게 나는 조금 부족한 모습을 받아들이며 사는 것에 익숙해졌다.

왠지 삶이 재미없을 것 같은가? 그렇지도 않다. 일하고 아이를 키우면서 느끼는 작은 성취들은 내가 열심히 살아가고 있다는 증거가 되어주기에 충분했다. 가끔 빠듯하게 흘러가는 나의 하루를 돌아보면 나름 규칙적으로 살아가고 있는 것처럼 느껴져서 스스로 기특하게 생각되기도 했다.

언제부터였을까? 온전히 나의 시간으로 시작하는 새벽 기상이 하루 일상의 루틴이 되었다. 장거리 아침 강의를 다니면서부터였을까? 그땐 내 시간을 갖기 위함은 아니었다. 학창시절에도 새벽 기상은 죽을 듯 힘들었지만, 지금은 온전히 나의 시간으로 보낼 수 있는 고요한 그 시간이 어느새 너무 소중해졌다.

나만 알고 있는 것처럼 느껴지는 아침 공기도 좋고, 사소하지만 나에게 대접하는 따듯한 차 한 잔과 책을 읽는 시간도 좋다. 꼭 생산적인 일을 해야만 그 시간이 의미 있는 것이 아니란 걸 깨달았다. 그리고 그런 날들이 쌓일수록 나의 삶이 만족스러웠다.

그러고 보니, 나는 한 주가 시작되기 전 좋아하는 일들을 몇 가지 계획해 놓기도 한다. 우리 아이들과 다녀올 식당이나 커피

숍도 검색해본다. 가끔은 아이들이 좋아하는 것을 생각해내는 것이 훨씬 쉬운 것 같아서 나를 너무 모르고 살았나 싶기도 하지만 우선순위에서 잠시 밀려난 것도 괜찮다.

그러다가 머릿속에 내 순번이 오면 만나고 싶은 사람들을 생각해보고 날짜도 잡아 놓는다. 보고 싶은 영화도 노트에 끄적여보고, 날씨 좋은 날에는 길을 걸어보며 내가 가지고 있는 좋은 것들을 머릿속으로 세어본다.

생각해보니 나는 빈틈도 많고, 미루기 대장이지만 그런 날들 속에서 소소한 즐거움을 찾을 줄 안다. 그래서 불필요한 마음을 덜어내는 것에 시간과 정성을 들였다. 가끔은 무엇인지 모를 중요한 것을 잊고 사는 것만 같은 아쉬운 생각도 있었지만, 마음을 채우는 보람을 찾으려고 노력했다.

날마다 스스로에게 실망하지 않고 살아갈 수 있으면 좋겠지만, 못마땅한 모습을 발견하는 날도 종종 있다. 하지만 나의 삶에서 어느 부분에 힘을 주어 시간을 보내고 싶은지 알고 나니, 그 시간을 더 가치 있게 쓰게 되었다.

나는 이렇게 잘 꾸물거리고 잘 미루기도 한다. 다만, 더 나은 삶을 바라기에 내가 가치 있게 생각하는 것들에 우선순위를 두고 살아가려고 노력한다. 가끔 지나친 게으름에 멈추게 되는 순간들도 있지만 다시 마음을 정리하고 움직인다. 그리고 부족한 나의 모습도, 괜찮은 나의 모습도 받아들이며 살아가고 있다.

백설공주인 줄 알았더니 왕비

김작가

"거울아 거울아, 이 세상에서 누가 제일 예쁘니?"

누구나 듣고 싶은 답은 정해져 있을 것이다. 오죽하면 왕비가 백설공주를 죽이려고 했을까. 누구나 남보다 예쁘길, 남보다 잘 살길, 남과 비교하며 무엇 하나라도 자신이 빼어나길 바랄 것이다. 과연 그렇지 않은 사람이 있을까? 마음속에 작은 욕망 하나쯤은 있기 마련이니까. 아마 내 마음속 진실과 마주한다면 나의 욕망과 종종 대화를 나눌 것이다.

옛말에도 이런 말이 있지 않은가. "남의 떡이 커 보인다." 요리조리 봐도 내 떡이 더 작게 느껴지는 그런 마음 말이다. 그렇게 보면 가장 큰 욕망은 시기와 질투에서 비롯되는 것 같다. 살아가면서 느끼는 것은 사람의 욕심은 끝이 없다는 것이다. 인기가 많은 사람은 주변에 적이 많다. SNS를 들여다보면 일면식 하나 없는 사람에게도 시기와 질투를 느끼는 요즘이다. 자신보다 더 매력적인 사람을 보면 부러움을 이기지 못하고 왕비와 같은 심정을 갖게 된다. 백설공주도 피곤하지만, 왕비의 입장은 오죽하겠는가.

"백설공주가 잊힐 만큼 당신은 매력적인가요?"

상대방에게 매력을 느끼는 포인트는 굉장히 다양하다. 이를테면 외모보다는 매너 있는 행동, 일이나 운동을 열심히 하는 모습, 못생겼지만 옷을 잘 입거나, 재밌는 사람… 내가 원하는 센스가 하나라도 느껴진다면 분명 매력으로 다가온다. 이쯤이면, 내가 가진 매력에 대해 한 번쯤 떠올려 볼 법한데, 이렇듯 매력적인 것은 누구나 바라고 탐낸다.

어릴 적부터 나는 얼굴은 작고 눈이 컸으며, 태어날 때부터 앞머리 한가운데 노란색 금발 머리가 있었다. 예쁘장한 외모와 금발 머리 덕분에 어딜 가나 튀었다. 그 당시엔 염색 머리에 대한 인식이 좋지 않았기에 나를 보는 사람들은 부정적인 시선으로 수군거렸다.

“혜원이 노란색 앞머리는 정말 특별해. 똑똑하고 훌륭한 사람만 있는 거야.”

엄마는 내게 늘 이렇게 말씀해 주셨고, 그 말을 믿었기에 나는 내가 특별하다고 여기며 자랐다.

유년 시절, 학년이 새롭게 시작될 때면 언제나 앞머리에 대한 설명 시간이 필요했다. 그땐 그런 것조차 ‘나는 특별한 사람이라 그래.’라고 생각했다. 앞머리에 대한 엄마의 지혜로운 해석은 나에게 높은 자존감을 만들어 주었지만, 간혹 쓸데없는 자만심이 생기기도 했다. 나를 보는 사람들이 ‘예쁘다 예쁘다’ 하니 정말 예쁜 줄, 정말 특별한 줄 알았다. 그 덕에 별다른 것 없었음에도 콧대 높은 태도와 솔직한 말투로, 다른 사람과 나를 비교하며 내가 더 괜찮은 사람인 양 생각하고 행동했다.

그렇다, 착각이 심했다. 나는 백설공주인 줄 알았지만, 현실은 왕비와 다를 바 없었다. 특별하지도 않은 것을 가지고 그런 양 행동하니 이런 착각을 깨주고 싶었을 왕비들이 얼마나 많았겠는가. 자신감이 높아질수록 나를 보는 시선들이 곱지만은 않았고, 그런 시기를 지내며 상처도 많이 받았다. 가는 시간이 아깝다 말하지만, 다시 돌아가길 바라지 않는다. 그때 나는 마음이 가난했고, 진정한 내 사람이 하나도 없는 것 같았다. 하지만 그럴수록 나 자신과 마주하는 시간을 많이 가졌다. 상처받게 된 이유에 대해서 생각하고 또 생각했다. 생각의 결론은, 오해를 관심으로 바꿔야겠더라. 그러기 위해선 나의 진심을 더 보여주고, 선입견을 바꿔놓아야겠다고 생각했다. 그 덕에 더욱 단단한 내가 될 수 있었고, 나의 내면을 진정으로 들여다볼 수 있는 계기가 되었다.

'오늘의 내가 괜찮아야, 내일의 나도 괜찮다.'
'내가 좋은 사람이 되어야, 나를 좋아하는 사람이 생긴다.'

주변의 많은 왕비들을 통해 '겸손'을 배우게 되었고, 여전히 중요하게 생각하고 있다.

한때는 나의 일상보다 다른 사람의 일상을 궁금해하며, 소장

품 자랑하듯 겉으로 보이는 것들을 신경 쓰고 시시콜콜하게 흘려보내는 시간이 많았다. 왜 다른 사람의 일상과 비교하며 나의 특별함을 찾으려고 했던 걸까. 정말 중요한 것은 나만의 진정한 다이아몬드를 찾는 건데 말이다. 누구나 남들과 다른 나만의 다이아몬드 하나쯤은 가지고 있다. 아쉬운 건 그것을 찾기 위해 나에게 집중하는 시간이 현저히 적다는 것이다. 타인을 신경 쓰며 보내온 시간을 되돌아보면 남는 게 거의 없다는 것. 겉으로 보이는 모습만 신경 쓰고 타인의 모습에 질투와 시기를 느끼며 시간을 보내기엔 나의 청춘과 시간이 너무 아깝다. 이렇게 찾은 나의 다이아몬드는 '따듯한 마음과 진정성'이다. 결국 내가 백설공주인지 왕비인지는 인생에서 중요하지 않은 것이다.

직업병이기도 하지만, 사람들을 만나면 뭘 좋아하는지, 뭘 잘하는지를 물어보게 되는데, 아쉽게도 하나같이 시원하게 대답을 못한다. 내가 뭘 잘하는지, 내가 뭘 좋아하는지는 정작 말하지 못하면서 내 친구는 무엇을 잘하고 무엇을 좋아하는지에 대해서는 술술 꿰고 있다. 내가 당당하게 나에 대해 말할 수 있으려면 진정한 나의 모습을 찾아보는 시간을 가져야 한다.

'타인의 겉모습에 대한 판단보다 내면을 이해하기 위해 노력하는 건 어떨까?'

'그냥 지나치는 시간 말고 정말 나를 위해 집중하는 시간을 가져보는 건 어떨까?'

현실은,

아직도 부러움이 있는 왕비이지만,

우리 같이 백설공주가 되어보는 건 어때?

[고백]에 관한 당신의 이야기를 들려주세요.

Ep. 8

좋아하는 것

그러네,
나
이거
좋아했네

프루스트 현상: 후각의 기억

홍작가

후각이 예민하다.

'내 몸 중 가장 많이 발달된 곳이 있다면 아마 후각이 아닐까?' 하는 생각을 학창시절부터 종종 해왔다. 코끝을 타고 들어오는 냄새는 어떤 종류건 간에 남들보다 빠르게 알아챌 수 있으며, 한 번 맡은 냄새는 잘 잊어버리지도 않아 "개코"라는 말도 가끔 듣는 편이다.

그래서일까? 지나간 나의 시절 인연들을 회상할 때면 그들이 즐겨 쓰던 향수의 향이 먼저 떠오르기도 한다. 20대 때 가장 친했던 친구를 떠올리면, 화이트머스크 향과 잔잔한 꽃 향이 어우러진 '까사렐노아'가 생각나고, 사내강사로 있던 시절, 나와 가장 친하게 지내던 직장 동료를 떠올리면 '롤리카렘피카' 향이 머릿속에 함께 스쳐 지나간다.

내 향수 진열대 위에 놓여 있는 '불가리 뿌르팜므'를 볼 때면, 가슴을 뛰게 했던 첫사랑이 간혹 생각난다. 옴므가 아니라 팜므인 이유는 그 사람을 처음 알게 된 날 내가 뿌렸던 향수가 바로 '불가리 뿌르팜므'였기 때문이다. 그날 그 사람은 내 향수 향에 반했다며, 무슨 향수를 쓰는지 물었고, 그 후 나를 만날 때마다 나와 같은 향수를 뿌리고 나왔다.

'프루스트 현상Proust phenomenon'은 어떠한 냄새를 통해 특정 과거의 일을 기억해내는 현상으로, 프랑스 작가 M.프루스트의 대하소설 『잃어버린 시간을 찾아서la recherche du temps perdu』에서 유래되었다. 나는 프루스트 현상을 '후각의 기억'이라고 부르는데 내 지난날의 일기장에는 이 후각의 기억에 관한 이야기가 종종 나오곤 한다.

'프루스트 현상'이라는 말은 조금 생소할 수 있으나, 아마 '마들렌 효과'라는 말은 들어본 적이 있을 것이다. 특정 노래나 장소, 또는 어떠한 향을 맡았을 때 문득 떠오르는 기억을 말한다.

비 온 뒤 땅에서 올라오는 흙냄새를 좋아하고, 바싹 마른 빨래에 밴 섬유 유연제 향을 좋아한다. 원두 봉투를 오픈했을 때, 푹~ 하고 올라오는 원두 향에 얼굴을 파묻는 것을 좋아하며, 젖비린내와 베이비로션 향이 적당히 섞인 젖먹이 아기들에게서만 나는 그 살냄새를 유독 사랑한다. 비누 향 중에는 특히 도브 브랜드가 좋고, 꽃피는 5월이면 차 창문 활짝 열고 달리며 폐 깊숙한 곳까지 아카시아 향을 들이밀어 넣는 것을 좋아한다. 그리고 겨울에는 석유 냄새가 은은하게 배어 있는 난로 향이 난 참 좋다. 그런데 정말 신기한 건 이 모든 냄새에는 후각이 기억하는 장면 장면이 담겨있다. 어쩌면 그 향들이 좋은 데에는 향, 그 이상이 가진 메모리의 힘이 이유가 된 것은 아닐까?

나는 감정이 다운되어 있을 때, 좋은 향을 맡으면 에너지가 올라간다. 그래서 내가 많이 머무는 공간인 집과 차, 그리고 회사 곳곳에 디퓨저와 향기 캔들이 비치되어 있다. 과거 호텔에서 근무할 당시, 유독 힘이 들던 날이나, 버거운 고객을 응대하는 날이면 퇴근길에 향수 샵에 들러 좋은 향을 잔뜩 코에 담았다. 그리고 나에게 없는 새로운 향수를 하나씩 사곤 했는데 그때부터 향수를 모으는 취미가 생겼다.

어떤 사람은 본인을 기억할 수 있는 단 하나의 향이 좋아 한 가지 향수만 고집한다고 하는데, 나는 그날의 기분, 그날의 옷 스타일, 그날의 날씨에 따라 늘 다른 향을 선호한다.

지금껏 내가 모은 향수는 50여 종이 넘는다. 이 중에는 이미 단종되어 브랜드 가치가 구매금액의 10배가 넘는 것도 있고, 아직 한 번도 사용해보지 않은 것도 있다. 벌써 5번 이상을 재구매한 향수도 있는데 바로 랑방 에끌라드아르페쥬이다.

처음에는 그저 향이 좋다는 이유로 시작된 나의 향수 모으기는 시간이 지날수록 내 최애 관심사가 되었다. 친구들에게 마니아로 불릴 만큼 향수 브랜드나 종류를 누구보다 많이 아는 사람이 되었고, 향수가 필요한 지인은 언제나 내게 조언을 구했다. 그래서 더 많이, 더 넓게 향수에 대해 공부했고, 이제는 적어도 내가 가진 50여 종의 향수만큼은 이름만으로도 충분히 향수의 향을 설명할 수 있다.

좋아하면 알고 싶고, 알게 되면 새로운 것들이 보이게 된다.

누군가 나에게 '좋아하는 것'의 정의를 내려보라고 한다면 나는 "어떤 것을 제대로 알고 싶어지는 것"이라고 이야기할 것 같다. 좋아하는 사람이 생기면, 그 사람에 대해 자세히 알고 싶어지고, 좋아하는 취미가 있다면 그것을 더 잘하는 방법을 찾고 싶어 한다. 그게 바로 좋아한다는 증거다.

그래서 나는 내가 가장 좋아하는 것을 '향기'라고 꼽았다. 내 기분을 좋게 하고, 후각의 기억을 더듬게 하며, 더 많이 알고 싶게 만드는 것. 그것은 언제나 향기였다.

프루스트 현상, 당신의 후각은 어떤 것을 기억하고 있을까?

어쩔 수 없는 행복의 조건, 돈

류작가

인간은 태어나면서부터 배움을 시작한다. 엄마 배 속에 있을 때는 탯줄 하나로 가능했던 모든 것이 밖으로 나오는 순간 달라진다. 혼자 힘으로 숨을 쉬고, 혼자 힘으로 젖 먹는 방법을 터득한다. 이렇듯 자연스레 스스로 살아갈 방법을 배우게 된다. 아기는 생존을 위한 배움이지만, 성인은 성장을 위한 배움이 필요하다.

나는 배우는 것을 좋아한다. 물론 모든 분야에 다 관심이 있는 것은 아니다. 관심 없는 분야는 아예 알고 싶어 하지 않는다. 특히 기계 다루는 것은 나에게는 너무 어렵고 하기 싫은 일 중 하나이다. 예를 들면 최신 휴대폰 기기에 욕심이 없는 편인데, 그 이유는 통화, 카톡, 카메라 이 3개의 기능만 있으면 되기 때문이다.

요리하는 것도 그다지 배우고 싶지 않은 목록 중 하나이다. 신혼 시절 남편을 위해 매일같이 밥을 차려주고, 두 아이 이유식도 손수 다 만들어 먹였다. 하지만 육아와 일을 병행하게 되면서 요리하는 시간이 점점 업무를 위해 투자하는 시간으로 대체되어 버렸다. 그 바람에 나는 서서히 요리와 멀어지게 되었지만, 덕분에 딸의 요리 실력이 늘어나고 있다.

늦게 배운 도둑질이 무섭다고 했던가. 뒤늦게 재테크에 관심이 생겼다. 대한민국에 남녀노소 가리지 않고 '주식의 붐'이 일어나던 어느 해. 나는 겁도 없이 주식에 발을 내딛게 되었다. 의심이 많았던 나는, 처음에 소액으로 투자하기 시작했다. 나의 첫 수입은 3만 원이었다. '주린이'라면 굳이 설명하지 않아도 그때의 기분을 잘 알 것이다. 가만히 있다가 치킨 한 마리 값을 번 셈이다. 한 종목을 사고 나니, 다른 종목들이 내 눈을 사로잡았다. 그냥 지나칠 수가 없어서 고민하던 찰나에 나의 손가락은 이미 하나씩 매수 버튼을 누르고 있었다.

'이게 바로 다이소라는 거구나!'

어느새 나의 주식 화면 창에는 갖가지 항목들이 주르륵 나열되어 있었다. 파란색과 빨간색이 번갈아 가며 알록달록 색깔을 띠고 있었다. 원래도 빨간색을 좋아했던 나는, 모든 항목을 빨갛게 물들이고 싶었다. 그때부터 공부하기 시작했다. 주식과 재테크에 관한 책들을 사 모으며 모조리 읽었다. 소소하게 수익이 생길 때도 있었지만 항상 좋은 날만 있는 것은 아니었다. 주식시장 분위기가 갑자기 내려앉으면서 밑바닥까지 가는 마이너스를 보게 되었다. 눈물을 뒤로한 채 원금의 10분의 1도 안 되는 금액으로 매도하는 주변인들도 있었지만, 나는 끝까지 버텼다.

'오래 버티는 사람이 이기는 건가? (존버라는 것이 이럴 때 쓰는 말인가?)'

다시 원금을 회복하고 수익으로 올라섰다. 기다린 보람을 느끼는 순간이었다. 돈 버는 재미는 누구도 말릴 수 없다. 사실 돈이라는 것은 있다가도 없어지고, 없다가도 다시 생기는 것이다.

나는 돈을 좋아한다. 정확히 말하자면, 돈 모으는 것을 좋아한다. 이 책을 읽는 독자 중에서도 돈을 싫어하는 사람은 아무도 없을 것이다. 단지 각자 만족의 기준이 다를 뿐.

내가 저축하는 습관을 갖게 된 것은 초등학교 시절부터였다. 집에서 용돈을 받는 일은 가뭄에 콩 나는 것보다 더 어려웠다. 어렵사리 받게 된 용돈은 그대로 다 쓸 수가 없었다. 나중 상황을 대비해서 아껴두어야 했기 때문이다. 그렇게 꼬깃꼬깃 천 원짜리 지폐들을 책장 사이에 모으는 것이 저축의 첫걸음이었다. 그런 습관들은 성인이 된 후에도 이어졌다. 아르바이트하며 받은 월급은 모조리 적금으로 철통 방어했다. 과거의 저축 습관은 지금까지 나에게 큰 도움이 되고 있다.

그 덕분에 20대 젊은 나이에 아파트를 분양받아 내 집을 마련했다. 결혼 비용도 부모님께 손 벌리지 않고 그동안 모아둔 돈으로 해결했다. 예물, 예단, 신혼여행… 만만치 않았을 비용이 가능했던 이유는 일찍부터 결혼 준비 자금을 따로 관리해 두었기 때문이다. 불확실한 미래에 대한 불안감과 꼼꼼한 재정관리가 지금의 절약 정신을 만들어 냈다.

– 현금은 무조건 저금해 놓아라.
– 사고 싶은 물건이 있으면 꿈에 3번 이상 나오는지 확인하고 사라.
– 가까운 사이일수록 돈거래는 확실히 해라.

이것이 나만의 소비 철칙이다. 생각해보면 학창 시절부터 충동구매에 관심이 없었다. 누구나 하나쯤 가지고 있을 법한 브랜드도 나에겐 관심 밖이었다. 그 돈으로 사치를 부리느니 차라리 저금하는 편이 낫다고 생각했다.

나의 경제 관념을 그대로 물려받은 우리 아들은 돈 관리를 똑 부러지게 하고 있다. 초등학교에 입학하기 전부터 할아버지에게 용돈을 받으면 수첩에 꼼꼼히 기록하곤 했는데 그 모습이 참 기특하다. 용돈을 체크카드에 넣어주면 카드보다 남은 돈을 직접 눈으로 확인할 수 있는 현금이 좋다고 할 만큼 나이에 비해 돈 관리가 야무진 녀석이다.

돈을 좋아한다고 모두 속물이라고 생각하면 큰 오산이다. 돈이 행복의 필수조건은 아니지만, 어쩔 수 없는 전제조건이 되기도 한다. 돈은 어떻게 버느냐보다 어떻게 쓰느냐가 중요하고, 얼마나 버느냐보다 얼마나 관리를 잘하는지가 중요하다.

허튼 곳에 낭비하지 않고 정말 필요한 곳에 나의 돈이 사용되길 바라는 마음이다.

그래서 오늘도 나는 열심히 일한다. 내가 좋아하는 돈을 벌기 위해!

그때, 그 계절이 주는 행복감

이작가

좋아하는 것에 대한 기억을 꺼내어 보고 추억을 생각하는 것만으로도 삶에 대한 애정이 샘솟는 느낌이다. 특히 계절의 변화는 매번 기대되고, 지나고 보면 추억으로 남아 있다. 내가 가장 좋아하는 계절은 가을이다. 땀을 식혀주는 시원한 바람도 좋고, 아이스크림 하나 사 들고 변해가는 나뭇잎을 보며 걸어보는 그 시간도 참 편안하다. 이러한 날들이 오래가면 좋을 텐데 무더운 여름 속에 기다렸던 마음도 잠시, 가을은 너무 빠르게 지나가 버린다.

여름이 끝날 무렵 친구들과 맥주 한잔을 시원하게 마셨다. 하지만 평소와 다르게 맥주잔이 유독 차가웠고, 한여름에 땀 흘리며 정신없이 목을 축이던 그때의 온도와 다름을 느꼈다. 돌아오는 길 한풀 꺾인 더위를 실감하며 진짜 가을이 오고 있음을 알 수 있었다.

부푼 가슴으로 집에 돌아와 유튜브 채널을 이리저리 돌려가며 가을에 떠날 여행지를 검색했다. 그때 문득 작년 단양 여행이 떠올랐다. 특히, '만천하스카이워크'에 섰을 때 보였던 남한강의 풍경은 아름다움 그 자체였다. 나는 엄두도 내지 못했지만, 짚라인을 타고 내려오던 가족들의 모습을 생각하니 지금도 미소가 지어진다. 그 시기도 가을이 시작될 무렵이었던 것 같다. 다만 단풍이 아직 물들지 않아 제대로 된 가을 풍경을 볼 수 없었던 것이 아쉬웠다. 마침 그때가 떠올라 '단양'으로 여행지를 결정했고, 휴대전화 달력을 보며 가장 좋은 가을풍경을 볼 수 있는 날짜를 고민했다. 그리고 그날부터 숙박 예약 사이트를 들락거리며 단양에 있는 펜션들을 둘러보았다.

'올해 가을은 시작이 괜찮은데?'

좋아하는 계절에, 좋아하는 사람들과 좋아하는 곳으로 여행을 떠날 생각에 기분이 좋았다. 목표는 하나였다. 빠르게 지나가는 이 가을을 제대로 즐기고 오는 것. 여행 당일이 되고 부랴부랴 짐을 쌌다. 나는 우리 집에서 MBTI의 대문자 P를 담당하고 있기에 몇 주 전에 장소가 정해져도 짐은 대략 당일에 정리한다. J들이 알면 속이 뒤집힐 일이다. 역시나 아침부터 바쁠 수밖에 없었고, 시간이 촉박한 탓에 신랑에게 불평을 털어놓으며 입을 꾹 닫고 출발하게 되었다. 하지만 출발과 동시에 이미 고속도로에서부터 느껴지는 계절의 변화에 어느새 다운되었던 기분은 올라가고 있었다. 아침부터 투정을 부려 괜히 미안했다. 역시 가을의 완성은 마음의 변화다. 마음에 여유가 생기니 지금의 상황도 왠지 모르게 편안하게 느껴졌다.

어느새 나뭇잎들은 빨갛게, 노랗게 물들어 있었고, 도착 후 멋진 풍경을 보고 있으니 행복하다는 감탄이 절로 나왔다. 사진에 담을 수도 없을 만큼 아름다운 자연경관이었다.

문득 엄마가 했던 이야기가 생각났다. 함께 여행하던 중 엄마에게 하늘에 있는 구름이 너무 예쁘다고 했더니 엄마는 나이가 먹은 후에야 그런 것이 눈에 들어왔다는 것이다. 그동안 꽃이 피고 지는 것도 제대로 보지 못하고 세월을 보냈다고 하셨다. 하루 24시간을 꽉 채워 열심히 살아오신 엄마라 그럴 수도 있겠다는 생각이 들었다. 하지만 지금의 엄마 아빠는 누구보다 여행을 좋아하신다. 꽃 사진, 바다 사진, 엄마 아빠의 웃는 사진을 가족 대화방에 올리며 신나게 자랑도 하신다. 그 이야기를 듣고 보니 지금은 마음이 평온한 노후를 보내시는 것 같아 안심되었다.

나는 가을을 좋아하고, 여행을 좋아하며, 가족들의 행복한 일상을 바라보는 것을 좋아한다.

좋아하는 것과 싫어하는 것이 뭐냐고 물어본다면 무엇이 가장 먼저 떠오르는가? 실제로 교육 현장에서 교육생들에게 이 질문을 여러 차례 물어본 적이 있다.

누군가는 자신과 맞지 않는 사람들에 대해 이야기하고, 또 다른 사람들은 평소 불편했던 환경, 벌레, 날씨 등등 싫어하는 것에 집중해서 이야기를 풀어나간다. 반면 좋아하는 것에 몰입하여 얘기하는 사람들도 있다. 스스로 무엇을 좋아하고 어느 상황에서 심리적으로 편안함을 느끼는지 너무 잘 알고 있는 것이다. 그렇기에 이야기를 꺼내는 순간에 밝은 표정이 자연스럽게 보이고 에너지가 넘친다. 그 상황에 있다고 상상하는 것만으로 좋은 것일까? 안타까운 것은 좋아하는 것을 묻는 하나의 질문에도 오랜 시간 고민을 하거나 단답형으로 이야기하는 사람도 있다는 것이다.

"그냥 뭐 특별히 요즘은 뭐가 좋은지 모르겠어요. 잠이나 푹 잤으면 좋겠어요."

지금 사는 삶이 지치게만 느껴져 행복의 요소들을 찾으려고 노력하지 않는 것 같았다. 대학생들을 만나서 대화를 해 봐도 행복하게 살고 싶다는 대답보다 돈을 많이 벌고 싶다는 대답이 더 많다. 물론 나도 돈이 좋다. 하지만 그들이 더 다양한 행복의 요소를 찾으며 살아갔으면 좋겠다.

책 『나는 나로 살기로 했다』 중에 가장 기억에 남는 문장이 있다. "집의 평수가 가족의 화목함을 보장할 수 없다는 것"이다. 13년간 결혼생활을 하며 우리 가족 또한 집 평수가 만족스러워 행복했던 것이 아니라 좋아하는 것을 이 공간에서 함께할 수 있었기에 행복했다. 그 추억으로 살아가는 것이 우리를 더 단단하게 해주었다.

실제로 한 행복연구센터에서는 좋아하는 것과 싫어하는 것을 스스로에게 질문해보는 것만으로도 행복도가 어느 정도인지 파악할 수 있다고 했다. 특히 어느 것에서 즐거움을 느끼는지 자세히 이야기할 수 있는 사람일수록 자신의 삶에 대한 만족도가 높다고 한다.

주변에 살펴보면 작은 것 하나까지도 긍정적으로 보려 하고, 모든 활동에 좋은 마음으로 함께하는 사람이 있다. 생각해보면 줏대 없는 사람이 아니라 행복하게 살아갈 줄 아는 사람이었다. 예전에는 '감사하며 살자'라는 것이 어떤 의미인지 알지 못했지만, 이제는 알 것 같다. 무탈하게 지나가는 하루, 내가 좋아하는 것을 소소하게 느낄 수 있는 하루가 가장 감사하다. 내 주변 모든 사람들이 좋아하는 것을 찾으며 행복하게 살길 바란다.

납득시키지 않아도 되는 것들

김작가

하나.

움켜쥐고 있는 손 사이로 내 손가락 하나를 비집고 넣어보았다. 어렵사리 들어갔다. 알아챘는지 더 세게 움켜쥔다. 잡혀 있는 느낌이 참 좋다. 그냥 좋다. 너무 좋다. 아니 어떻게 이런 게 나왔는지 봐도 봐도 신기해서 온 세상 사람들에게 보여주고 싶은 마음이다. 비집고 들어간 내 손가락을 세게 잡을수록 나는 더 으스러질 만큼 좋다. 사랑스러워 죽을 지경이다. 조금씩 손가락에 힘을 주어 움켜쥐고 있는 너의 손을 억지로 펴 본다. 면 조직 작은 먼지들이 뭉쳐져서 손금 사이에 손가락 사이에 끼워져 있다. 쥐고 있던 속살이 하얗다. 냄새도 난다. 그 냄새가 좋아서 코를 묻고 킁킁 열 번도 넘게 숨을 쉬어 본다. 나는 그렇게도 꼬순내가 좋다. 아기들의 방귀 냄새, 발바닥 냄새, 목 사이 냄새, 정수리 냄새, 젖 냄새… 그마저도 사랑스럽고 좋다. 그렇다. 나는 아기들의 꼬순내를 좋아한다.

둘.

전제조건이 있다. 맑은 하늘과 햇볕 그리고 커튼과 바람이 있어야 한다. 꼭 맑은 하늘이어야 하고, 햇볕이 잘 드리워야 한다. 거기에 볕이 그대로 비치는 얇은 커튼과 약간의 바람까지 있으면 GOOD! 이렇게 네 박자의 조합이 이루어지는 그즈음, 봄날의 향연은 시작된다. 초록빛 나뭇잎 사이로 일렁이는 바람이 느껴진다. 머리카락 몇 올이 살짝씩 흔들리는 그때, 햇살 쪽으로 고개를 돌리며 눈을 감는다. 그리고 낮잠을 청한다. 굳이 노력하지 않아도 스르륵 잠이 든다. 나는 햇살을 그대로 느끼는 것을 좋아한다. 내가 좋아하는 것이 햇살 들어오는 창문인지, 낮잠인지 헷갈린다. 그렇다. 나는 그런 따사로움을 좋아한다.

셋.

유난히 시선을 끄는 하늘빛이 있다. 올려다볼 때마다 높이와 색깔, 구름 모양이 그때그때 다른데, 내 눈에 유독 예뻐 보이는 시기가 있다. 아침에 눈을 뜰 때 새어 들어오는 햇살에서 이미 느껴진다. 이윽고 창밖을 보면 하늘은 높고 색깔이 또렷하다. 또 점심쯤엔 뭉게뭉게 뭉게구름이 하트 모양, 거북이 모양으로 시선을 끈다. 사실 저녁이 킬링 포인트인데 세상 예쁘다. 붉은색이나 주황색이 아닌 분홍색 노을을 마주할 때면 내 마음마저 분홍빛으로 물들어 버리는 것 같다. 바라보고 있자니 낭만이라는 단어가 절로 떠오른다. 적당히 높은 하늘과 작은 바람 한 모금이 지닌 온도는 나를 행복하게 만든다. 근거 없는 내 시선의 하늘 이야기지만, 그렇다. 나는 그날의 온도와 그때의 하늘을 좋아한다.

넷.

그렇다고 엄청나게 잘하지는 못한다. 양보다 빈도수를 좋아한다. 기분이 좋아지고 행복감을 느낀다. 간혹 뒤끝이 따라올 때도 있다. 그래도 세상에 맞설 패기와 어려운 말을 쉽게 꺼낼 힘과 마음껏 울 수 있는 용기를 준다. 연애 시절 남편은 애교가 더 많아져서 좋다고 했다. 다행히 나는 기분 좋아지는 증상이 더 강하다. 이렇게 일상에서 조금 더한 행복을 준다니 이만한 특효약이 없다. 지금은 적당히 조절할 수 있는 절제력까지 생겼다. 주말에만 즐기는 딱 기분 좋은 만큼만이다. 그래서 난 오늘도 주말을 기다린다. 내가 그렇게도 좋아하는 한잔을 위해서. 그렇다. 나는 술을 좋아한다.

다섯.

“보통 스트레스를 어떻게 해소하시나요?” 스트레스가 큰 순간엔 유난히 시간은 더디게 흐르고, 그 시간은 견디기 힘들다. 그래서 며칠이 훌쩍 지나가길 바라거나, 정신없이 다른 일을 하면서 그 생각을 잊기 위해 갖은 노력을 한다. 해결되지 않는 일들에 얽매이지 않기 위해서 내가 하는 것이 있다. 바로 눈 감고 잠자기. 그렇게 하면 생각의 생각을 잇는 복잡한 머릿속이 멈추고, 그 순간만큼은 실시간으로 진행되는 스트레스가 잠시 멈춘 듯 느껴지기 때문이다. 잠자고 일어나면 시간이라도 흘러 있으니, 위로되더라. 그래서 스트레스가 많은 날이면 일부러 잠을 더 잔다. 평소에도 7시간 이상 자는 것을 추구한다. 그렇다. 나는 잠든 시간을 좋아한다.

여섯.

삼 남매가 많이 자랐다. 9살 7살 6살 밥을 떠먹여 줘야 했던 육체적 힘든 시기는 지났지만, 우리 집은 언제나 시끄럽다. 깔깔깔 웃는 소리, 지겹게 싸우는 소리, 부리나케 와서 이르는 소리…. 힘든 순간이면 재우고 싶고, 잠든 모습을 보면 또 깨우고 싶다. 주말이면 빨리 월요일이 왔으면 좋겠다가도, 월요일이 되면 이내 또 하원 시간이 기다려진다. 지금은 매일 북적북적 지지고 볶고 힘들 때가 많지만, 언젠가는 이런 소리마저 그리울 날이 오겠지…. 셋이 나란히 잠들어 있는 모습이 사랑스러워 아이들의 볼이며, 귓불이며, 콧방울이며, 눈썹, 눈, 입술까지 하염없이 쓰다듬어 본다. 그렇다. 나는 삼 남매의 잠든 모습을 좋아한다.

일곱.

생각만 해도 떨린다. 지금도 두려울 때가 많다. 2010년 신입 시절엔 새벽 1시가 넘어서 퇴근하는 일이 다반사였다. 성격상 준비를 하려면 완벽해야 했다. 내가 먼저 이해해야 했고, 내가 먼저 납득할 수 있어야 했다. 그렇기에 그 과정이 늘 쉽지 않다. 하지만 준비를 거쳐 결국 해내고 나면, 기분이 그렇게 좋을 수 없다. 뿌듯하고 대견하다. 무엇보단 준비한 것 이상으로 발휘

되는 날이 더 많다. 나의 무대가 시작되면, 최면에 걸린 것처럼 해나간다. 첫인사를 시작할 때, 서로 소통이 잘될 때, 긍정적 피드백을 들을 때 느껴지는 희열이 너무 좋다. 그래서 난 강의하는 게 좋다. 또 하고 싶고, 더 하고 싶다. 그렇다. 나는 강의하는 것을 좋아한다.

이 외에도 내가 좋아하는 것들은 무수히 많다. 초록색을 좋아하고, 먹는 것을 좋아하고, 짜장 짬뽕 둘 다 먹을 수 있는 짬짜면을 좋아하고, 삼겹살과 치킨도 좋아한다. 그리고 여행, 처음 가보는 곳, 익숙한 음악, 계절 중엔 여름을 좋아한다.

그렇다. 나는 이런 것들을 좋아한다.

누구에게 납득시키지 않아도 되는 것들.

[좋아하는 것]에 관한 당신의 이야기를 들려주세요.

Ep. 9

인생 명언

내가
이토록
열심히
살아낼 수
있었던 건

세상에서 가장 달콤한 유혹 '미룸', 세상에서 가장 리스크 없는 생산 '배움'

홍작가

나는 강의를 할 때 학습자분들께 '본인이 생각하는 인생 최고의 명언'을 이야기해 달라는 질문을 많이 한다. 그런데 놀랍게도 인생 명언이 없다는 사람이 대부분이다.

어린 시절부터 나에게는 내 인생 나침반과 같은 마음속 한 줄이 시기마다 하나씩 있었다. 초등학교 시절에는 학교에서 알아 오라며 숙제로 내줬던 가훈이 그것이었는데, 바로 "근면, 성실, 정직"이었다. 아빠는 우리 삼 남매를 키우시며 늘 이 가훈을 강조하셨고, 그중에서도 근면이 삶에서 얼마나 중요한지를 매 일상에서 언급하셨다.

그런 아빠 때문에 우리 삼 남매는 주말에도 늦잠은 꿈도 못 꿨다. 아침 7시만 되면 온 집안 창문을 모두 열어 환기를 시키셨고, 덮고 자던 이불은 모조리 마당으로 들고 나가 털어오셨다. 아무리 추운 겨울이라도 예외는 없었다. 그러고는 청소기를 돌리기 시작하는데… 그 상황에서도 끝까지 잘 수 있는 사람은 아마 아무도 없을 것이다. 청소기 소리는 엄마 잔소리보다도 더 듣기 싫은 소리였다. 여기까지가 아빠의 루틴 제 1번 퀘스트에 해당하는 내용이다.

눈을 뜨고 싶지 않아도 자동 기상이 되는 주말 아침. 엄마가 차려주시는 아침밥을 먹고 나면 아빠 손을 잡고 동네 한 바퀴를 돌면서 쓰레기를 줍는다. 이건 우리 삼 남매의 루틴이었다. 이 이야기는 우리 집 풍경 중 극히 일부분의 예일 뿐, 아빠는 부지런해도 너무 부지런하셨다. 가끔은 아빠의 부지런함이 야속하기도 했지만, 당시 내게 아빠는 자수성가의 표본이자 그저 존경의 대상이었기에 아빠의 신조이자 가훈을 철석같이 따랐다. 그때는 몰랐다. 우리나라 가구의 절반 이상이 이 가훈을 쓰고 있다는 사실을….

중학교 시절 내 마음속 한 줄은 "작은 고추가 맵다."였다. 어린 시절부터 워낙 여린 체형을 가지고 살았던 나는 몸무게 30kg이 겨우 넘는 몸으로 중학교에 입학했다. 그러다 보니 학교에서나 집에서나 늘 힘 쓰는 일에는 제외 대상이었다. 그때 나의 별명은 "말라깽이"였는데, 이 말을 해석하면 어느 한구석 긍정적인 뜻 없이 그냥 약해 빠졌다는 의미였다. 선생님들도, 그리고 친구들도 모두 다 나를 힘없고 약한 애 취급을 했었는데, 그게 너무 싫어 앞머리도 바짝 붙이고, 눈썹도 높게 그려가며 온갖 센 척을 다 하고 다녔다. 몸집은 왜소해도, 결코 약해 보이고 싶지 않았던 중딩(중학생을 속되게 이르는 말)의 발악이라고나 할까? 세상엔 작지만 센 것들도 많다는 것을 깡으로 표현하던 시절이었다.

성인이 되고 사회에 나와 보니, 세상은 참 치열했다. 사회에 첫발을 내딛기 위한 공채 면접장에서부터 나는 그것을 온몸으로 느꼈다. 왜 그토록 엄마가 "학교 다닐 때가 좋다."라고 말씀하셨는지 알게 되는 순간이었다. 그런데 그때보다 더 치열했던 시기가 있었다. 바로 아이를 출산한 직후, 강사로서 경력단절이 되어있던 시기였다. 강의는 너무 하고 싶은데, 낯선 곳(결혼 전까지 서울에서 강의를 하다가 결혼 후 아무런 연고도 없는 대전으로 내려오게 된 상황)에서 다시 맨땅에 헤딩하기란 결코, 쉬운 일이 아니었다. 그땐 내가 어떤 것을 노력해야 그 일을 할 수 있는지조차 잘 몰랐다.

그러던 어느 날, 꽤 오랜만에 대학 시절 친구에게서 연락이 왔다. 본인이 현재 K기업의 교육 담당자로 있는데 마침 내가 대전에 내려왔다는 소식을 들었다며, 출강 요청을 해 왔다. 그땐 가뭄에 콩 나듯이 들어오는 강의 하나하나가 그저 너무 소중했기에 일정도 물어보지 않고 무조건 OK 했다.

친구 덕분이긴 하지만, 강의하러 가는 길이 너무 설레기만 했다. 오랜만에 화장을 하고, 오랜만에 아끼는 원피스를 꺼내어 입었다. 그리고 오랜만에 높은 구두도 신었다. 또각또각 소리를 내며 강의장 계단을 한 칸, 또 한 칸 오르는데 그때 계단에 쓰여 있는 문구가 문득 눈에 들어왔다.

"씨앗, 너무 애쓰지 마, 너는 본디 꽃이 될 운명이니."

머리를 한 대 얻어맞은 기분이었다. 뭔지 모를 위로를 전하는 듯한 명언이었다. 그래, 비록 멈춰있는 시간이지만, 너무 애쓰지 말자. 시간이 지나면 나는 분명 꽃이 되어있을 거니까….

그런데 개뿔, 애를 쓰지 않으면 아무리 시간이 지나봤자 아무것도 되지 않는다는 것을 조금 더 살아보니 알게 되었다. 머리를 얻어맞은 듯한 그 울림의 명언은 그저 위로였을 뿐, 원래 꽃이 될 운명이라는 것은 애초에 없었던 거다. 시간이 지나도 여전히 나를 알아봐 주는 사람은 없었고, 날마다 똑같이 살아가고 있는 나에게 어느 날 갑자기 새로운 기회가 찾아와 나를 반짝이게 만들어 주는 기적 따위는 절대 일어나지 않았다. 꽃이라는 결과물은 최소한 싹을 틔우는 노력이라도 해 본 사람에게 주어지는 일종의 보상이었고, 결국 그것은 그냥 주어지는 것이 아닌 과거의 결과물인 셈이었다.

그 후로 나는 진짜 꽃이 되려면 무엇을 해야 하는지 고민했다. 그리고 공부했다. 나에게 강의 기회가 올 때까지 무작정 기다릴 여유가 없었다. 세상이 나를 찾고, 원하게 만들고 싶었다. 그래서 책을 읽었다. 나보다 더 똑똑한 사람들의 생각과 삶의 패턴이 궁금했다. 단돈 1~2만 원으로 성공한 사람의 내공을 빼낼 수 있는 가장 좋은 방법, 책만큼 가성비 좋은 것이 또 있을까?

아마 그때가 내 인생에서 가장 많은 책을 읽은 시기였을 것이다. 현재가 불안하고, 미래가 걱정되면 나는 느닷없이 책을 꺼내어 들었다. 그중 『하버드 새벽 4시 반』이라는 책은 내 생각과 습관을 바꾸는 데 아주 큰 역할을 했다. "최고의 대학이 청춘에게 들려주는 성공습관"이라는 문구가 마음에 들어 집어 든 이 책에는 이런 문구가 쓰여있었다.

"세상에서 가장 달콤한 유혹, 미룸. 세상에서 가장 리스크 없는 생산, 배움."

이 글을 보자마자 표현력에 먼저 감탄했고, 이내 저 문구가 전하고자 하는 말의 의도에 무릎을 '탁' 쳤다.

미룸은 편안함을 제공하는 동시에 그 시간을 낭비하게 만드는 요인이다. 인생은 언제나 여러 유혹으로 가득하고, 그중에서도 미룸의 유혹은 우리 일상에서 달콤한 함정이 되는 경우가 많다. 일을 미루면 현재의 부담에서 나를 해방시키는 것 같아 보이지만, 사실 그 달콤함이 반복되면 오히려 더 큰 부담이 되어 돌아온다.

반면, 배움은 우리가 성공과 성취를 위해 투자하는 가장 안전하고 가치 있는 자원이라는 것을 확신하게 하는 문장이었다. 배움을 통해 얻은 지식과 기술은 나를 더 나은 사람으로 만들어 줄 수 있는 생산물인 셈이다.

밑져야 본전, 아니 밑져도 내공은 남을 것이라는 생각으로 조금 더 배움에 투자해 보기로 했다. 조금 덜 자고, 조금 덜 놀고, 조금 덜 쉬면서 그렇게 딱 눈감고 몇 년을 강사로서의 브랜드 구축을 위해 시간을 보냈다. 내 30대의 마음속 한 줄은 "세상에서 가장 달콤한 유혹, 미룸. 세상에서 가장 리스크 없는 생산, 배움."이었다.

이제 와서 생각해 보니 자기계발은 불편과 도전의 연속인 것 같다. 목표를 향한 노력과 열정이 즐겁고 설렐 때도 분명 있긴 하지만, 사실 재미없는 인내와의 시간 싸움이다. 성공이라고 하기엔 먼 이야기 같기만 한 지금의 내 삶에 더 큰 의미와 만족을 더하기 위해 나의 배움은 여전히 현재 진행형이다. 미루지 말고, 달콤한 유혹을 극복하며 자기계발의 길을 걸어 나가다 보면 언젠간 이 길이 성공으로 가는 여정이 되어 있을 것이라 확신한다. 그리고 이제는 그 목표를 이루기 위한 지름길을 발견하기 위해 공부할 것이다.

더 하라

류작가

사람들은 한 번뿐인 인생을 살아가면서 얼마나 많은 경험을 하게 될까?

오늘도 알람 소리에 눈을 뜨고 새로운 하루를 시작한다. 어제와 동일하게 하루 세 끼 밥을 먹고, 북적거리는 지하철에 몸을 싣고 출퇴근한다. 직장에서 만나는 매일 똑같은 동료들, 그리고 매일 반복되는 업무들… 그뿐만이 아니다. 카페에 가면 새로운 음료를 주문하고 싶지만, 어느새 내 손에 들려 있는 늘 마시던 커피까지. 새로운 것에 도전하고 싶지만 쉽게 시도하지 못하는 것은 현재 내 삶의 익숙한 패턴 때문이 아닐까 싶다.

'난 절대 우리 아빠와 같은 남자와 결혼하지 않을 거야.'

심리학에서는 이렇게 결심한 딸이 성인이 되어 이성을 만날 때 아빠와 비슷한 성향의 남자를 만날 확률이 크다고 하는데, 그 이유는 익숙한 상황에 안정감을 느끼고 나도 모르게 끌리게 되기 때문이라고 한다.

운전하면서도 늘 가던 길로만 가고, 식당도 좋아하는 곳만 찾게 되며, 음식도 먹던 것만 주문하게 된다. 어쩌면 새로운 것에 대한 실패가 두려워서 그러는지도 모르겠다. 혹여나 신메뉴를 주문했다가 내 입맛과 맞지 않아서 낭패를 본다거나, 익숙하지 않은 길로 갔다가 결국 늦게 도착하는 일이 생기는 것을 방지하고 싶은 마음일지도 모른다. 나도 익숙한 게 좋다.

하지만 아예 한 번도 해 보지 않았던 도전에 대해서는 다른 입장이다. 나의 인생 좌우명은 "해서 후회하는 것과 안 해서 후회하는 것이 있다면 차라리 해 보고 나서 후회하자."이다.

'그때, 이 말을 했었더라면….'

'그때, 이 제안을 받아들였더라면….'

이렇게 후회만 가득한 삶은 평생 발전이 없을 것이다.

어떠한 일이든 도전했다면, 설령 실패하더라도 '경험'은 남기 마련이다. "좋았다면 추억이고, 나빴다면 경험이다."라는 말이 있듯이 여러 경험이 쌓이다 보면 미래의 또 다른 새로운 길로 연결되는 발판이 될 수 있을 것이다.

지금 와서 '다시 하라면 할 수 있을까?' 하는 경험들이 몇 가지 떠오른다.

대학 시절 총학생회 제의를 받았다. 처음엔 괜히 머리 아프게 일 벌이고 싶지 않아서 거절했다. 그럼에도 불구하고 끊임없이 연락하고 찾아와주는 열정에 동기를 얻어 결국 함께해보기로 마음먹었다. 다들 알다시피 총학생회 임원은 하고 싶다고 다 되는 것이 아니다. 선거에 나가서 표를 얻고 당선이 되어야 그 임무를 맡을 수 있다.

선거 전날까지 나의 일과는 이러했다. 해가 뜨기도 전에 쌀쌀한 바람을 맞으며 새벽 첫 버스를 타고 학교에 간다. 기숙사가 있던 나의 모교는 아침 식사를 하기 위해 식당으로 가는 학생들이 많았다. 새벽부터 도서관에 가는 학생들도 있었고, 오전 수업을 듣기 위해 부지런히 강의실로 향하는 학생들도 있었다.

정치에 전혀 관심도 없던 나는 그날부터 선거유세를 시작하며, 정치 세계의 맛을 보게 되었다. 상대편 후보는 막강했다. 인원도 더 많았고, 인맥 또한 우리보다 훨씬 단단했다. 심지어 선거에 탈락해서 괜히 창피당하기 전에 지금이라도 포기하라고 말리는 친구들도 있었다.

그럴 때일수록 나는 더 강해졌다. 왠지 모르는 자신감과 믿음이 쌓여가면서 선거유세 기간 시간 가는 줄 모르고 활동했다. 강의실마다 돌아다니며 구호를 외치고, 공약을 발표하는 것이 의외로 재미있었다. 그러면서 타 과에 대한 이해도와 친밀감도 함께 형성됐다.

대망의 선거 날! 결과는 어땠을까?

하늘은 나에게 새로운 도전을 허락하고, 값진 경험을 선물했다. 모두가 안 된다고 해도 결과를 뒤집을 수 있다는 것을 전교생에게 보여주게 되었다. 만약 이 도전을 하지 않았더라면 나는 그냥 평범한 학생으로 졸업했을 것이다.

가끔 '후회'라는 녀석이 찾아올 정도로 일이 너무 많아서 벅차고 피곤함에 지쳐 쓰러졌을 때도 있었다. 신입생 환영회와 졸업준비 위원회까지 학교의 모든 행사 계획과 진행들, 그리고 그에 따르는 서류작업에 일일이 관여해야 했다. 하지만 이런 경험들은 사회생활에 많은 도움이 되었다.

어떤 모양이든지 나에게 있어 '경험'이란 돈 주고 살 수 없는 귀한 흔적들이다. 하나, 둘씩 쌓이다 보면, 그것이 삶의 발판이 되기도 하고, 또 새로운 도전으로 이어지게 만드는 활력소의 역할을 하기도 한다. 설령 원치 않는 결과였을지라도 같은 실수를 반복하지 않게 하는 팁이 되기도 한다.

마흔을 바라보는 이 시점에서 새로운 제의가 또 들어온다면 나는 과연 어떤 선택을 할까? 젊을 때 고생은 사서도 한다고 하듯이 나는 아직 젊기에 그 길을 가볼 것이다.

안 해 보고 후회하는 것보다 해 보고 나서 후회하는 것이 더 남는 장사임을 알기에.

똥인지 된장인지 먹어봐야 알죠

이작가

"사촌이 땅을 사면 배가 아프다."는 말이 있다.

과거에는 누군가 땅을 사면 정말 배가 아팠던 것 같다. 하지만 지금은 사촌이 땅을 사기 위해 노력해 온 과정과 그 생각을 믿고 추진할 수 있었던 자신감이 배가 아프다. 나와 비슷한 처지인데 어려운 걸 척척 해내는 사람들을 보면 어떤 생각을 갖고 살기에 저렇게 할 수 있는지 궁금했다.

'운이 좋은가?'

'부모를 잘 만난 건가?'

내가 갖고 있지 않은 무언가가 있다고 믿었다. 하루아침에 책 한 권으로 이루어지는 지혜도 아닌 것 같았다.

여행 중 신랑과 작은 절에 방문한 적이 있었다. 우리는 여행을 하는 동안 좋은 절이 있으면 종교와 관계없이 둘러본다. 조용하지만 무게감이 느껴지는 공간을 말없이 걷는 것이 우리의 성향과 너무 잘 맞는다.

그곳에서 우연히 스님 한 분을 만났다. 소소한 이야기를 나누던 중 지혜롭게 살아가기 위해서 어떤 노력이 필요할지 스님의 생각이 궁금해 자문을 구했다. 그리고 작은 조언 한마디를 들을 수 있었다. 핑계를 대며 망설이다 보면 깨달음을 절대 얻을 수 없다고, 지혜를 키우려면 무엇이든 주저하지 않아야 한다고 말해주셨다.

그러고 보니 내가 지금까지 했던 경험들은 조금도 버릴 게 없었다. 학창 시절 엄마는 단 한 번도 나를 억지로 깨워서 학교를 보내는 일이 없었다. 선생님께 혼이 나는 과정에서 느껴지는 창피함과 자존심 상하는 감정을 느끼고 난 뒤 지각은 하지 말아야 한다는 생각이 들었다. 그래서일까, 지금은 알람이 1초만 울려도 눈을 바로 뜨는 습관이 생겼다. 알람 소리 없이 아침 일찍 눈을 뜨는 것 또한 어렵지 않다. 문제가 일어나도 부모님의 도움 없이 혼자서 해결했던 과정들은 내공의 밑거름이 되었다.

사업에 성공한 친구를 볼 때면 우연히 기회를 잘 잡았겠거니 생각했다. 남의 성공은 왜 이렇게 쉬워 보이는지… 개인 일상을 모두 반납하고 얻어낸 결과라고는 생각하지 못했다. 하지만 그 과정을 들여다보니 조금이라도 성장하기 위해 밤새워 고민하였고, 비슷한 사람들의 동영상을 보고 연구하며 본인이 할 수 있는 것이라면, 무조건 만들어냈다고 한다. 그런 노력의 습관이 있다는 것에 부러움이 느껴졌다. 그 이야기를 들으며, 과연 나는 매 순간 간절히 마음을 다하려고 했는지 스스로에게 되물어 보았다. 그리고 그런 과정들을 직접 들을 수 있어 나에게는 의미 있는 시간이 되기도 했다.

아들이 7살이 되면서 자전거에 관심 갖기 시작했다. 세발자전거를 즐겨 타더니, 놀이터에서 만난 형들의 뛰어난 두발자전거 실력을 보고 바퀴 하나를 떼고 싶다는 것이 아닌가? 나는 드라마에서 종종 봤던 모습이 상상되었다. 자전거 뒤에서 열심히 잡아주다가 모른 척 손을 놓으면 어느새 중심을 잡고 달리는 그런 모습 말이다. 그런데 현실은 나의 상상과 달랐다.

'이렇게 운동신경이 없을까?'

뒤에서 잡아주는 것조차 쉽지 않았고, 잡아 줘도 겁을 내느라 중심을 잡지 못했다. 자전거를 잘 타도록 알려주는 일은 생각보다 쉽지 않았고, 넘어지는 과정이 반복되다 보니 아이는 어느새 흥미를 잃어가고 있었다.

"집에 가고 싶어."
"엄마랑 아빠는 어떻게 잘 타는 거야?"

물어보는 말에 사실 답은 없었다. 그냥 무의식이 이끄는 자전거 타기였다. 그렇게 3일 정도 지났을까? 늘 첫 번째 나무에서 넘어지던 아들은 이제 두 번째 나무를 지나 세 번째 나무까지 넘어지지 않고 달릴 수 있게 됐다.

"어떻게 갑자기 이렇게 잘 타게 되었어?"

우리의 질문에 아들은 "그냥 하니까 됐어."라는 말을 했다. 이왕이면 놀이터 밖을 떠나서 진짜 재미를 느끼게 해주고 싶었다. 주말마다 가고 싶은 곳을 목표로 정하고, 점점 더 멀리 자전거를 타고 함께 달렸다. 그리고 이제는 2시간 왕복 거리쯤은 쉽게 다녀올 정도로 자전거 타기를 제일 좋아하는 아이가 되었다. 실패의 두려움을 딛고, 자전거 타기에 성공하고 나니 어떤 운동에도 자신감이 생겼다.

그렇다. 내가 아침 일찍 눈을 뜨는 것도, 작은 실패를 두려워하지 않는 것도, 친구가 사업의 성공으로 가는 길도, 아들이 자전거에 익숙해진 과정도 공들여 노력한 시간이 있었다. 그리고 익숙해질 만큼 반복한 결과였다.

공은 손에만 들고 있는 것이 아니라 던져봐야 나의 힘이 어느 정도인지 알 수 있다. 돌아오는 공을 받아칠 때는 내가 던진 공이 어느 방향으로 올지 상상하며 계획대로 치기도 하고, 얼떨결에 맞아서 계획에 없던 성공을 거두기도 한다. 인생도 그렇다. 끊임없이 질문하고 답을 구하는 과정이 필요하다.

일단 해 보자. 어떤 일이 생길지는 뒤에 생각하자.

부모는 자식의 거울이다

김작가

'삼 남매가 자라서 어른이 되면 어떤 모습일까?'

엄마가 되어보니 자식을 향한 생각은 끝이 없다. 건강하기만을 바라던 마음은 어디 가고, 자랄수록 왜 이리도 바라는 게 많아지는 건지 모르겠다. 부모보다 더 잘 살길 바라는 나의 욕심이 '너희를 위한 것'이라고 포장했던 것 같다. 고작 열 살도 되지 않은 아이들에게 실망하고 속상해하는 나 자신을 보며 결국 내 탓이고 내 잘못임을 깨닫게 되었다. 이렇게 나는 '자식에게 비치는 나의 모습'을 보고 나서야 자책과 성찰을 하게 되었다.

아이들의 모습을 보고 있으면 자연스레 미소를 띠게 된다. 하지만 인상이 찌푸려질 때도 종종 있다. 다툼의 소리, 짜증 내는 소리, 징징거리며 투덜대는 소리… 하루 종일 듣다 보면 참지 못하고 나도 모르게 화내는 일이 발생하는데, 대부분이 아이의 말투 때문이다. '쟤는 말을 왜 저렇게 못되게 하지?'라는 생각이 들다가도 '어디서 많이 들어 본 말투데?' 하며 나를 자책하는 시간이 많아진다. 어쩜 제발 닮지 마라, 닮지 마라 하는 모습만 더 닮는 걸까. 아이들을 육아하며 제일 좌절할 때는, 알면서도 고치지 못하는 나의 문제점이 내 아이에게 고대로 드러나는 순간이다. 그럴 때면 나도 모르게 욱해서 아이에게 더 큰 화를 내게 된다.

훈육하는 상황에 나의 엄마를 떠올릴 때가 많다. 이럴 때 엄마는 어떻게 했었는지, 나의 상황과 비교해보는데, '우리 엄마는 정말 대단해. 어떻게 매 한번 안 들고 우리를 키우셨지?' 하는 생각이 절로 든다. 나는 하루에도 수십 번씩 냉장고 위 회초리를 들었다 놨다 하고 있으니 말이다. 위층에 한참 사춘기 아이를 키우는 언니는 "너 지금은 힘든 것도 아니여. 아직도 멀었어. 시작도 안 한 거다."라며 겁을 주는데, 정말 우리 아이들이 겪을 사춘기는 상상만으로도 걱정이 된다. 나도 그랬었으니까…. 사춘기를 한창 겪고 있던 때엔 '내가 이렇게 못되게 말하는데, 엄마는 딸이어도 밉지 않을까? 내 딸이지만 정말 못됐다 생각하지 않을까?' 하는 생각을 몇 번이나 했었다. 뒤돌아서자마자 미안해하고 후회하지만, 다신 그러지 않겠다고 다짐하지만, 정말 내 맘 같지 않던 사춘기 시절. 돌이켜보면 가장 많이 후회되는 것은 행동이 아닌 '말투'였다.

우리나라에는 '말'과 관련된 속담이 정말 많다. 예나 지금이나 말이 가지고 있는 힘은 대단하다. 그만큼 말은 조심해서 신중하게 뱉어야 한다. 하지만, 그것보다 더 중요한 것은 사람마다 가지고 있는 말버릇, 즉 '말투'라고 생각한다. 그로 인해 의도 전달이 제대로 되지 않거나 오해가 발생하는 일이 많기 때문이다. '내가 뿌린 말투는 그대로 나에게 돌아올 것이다.'라는 생각을 많이 한다. 그렇기에 나는 가까운 사람들에게 먼저 좋은 말투를 쓰기 위해 더더욱 노력하고 있다.

"말투는 3대를 잇는다."라는 말을 어느 어르신께 들은 적이 있다.

그만큼 중요하고 한번 입에 배면 고치기 어려울뿐더러 대물림 되기도 한다는 이야기를 해주셨던 것 같다. 스치듯 들은 이야기지만 그 말이 잊히지 않았다. 엄마도 이런 말씀을 하신 적이 있다.

"너희들이 다 내 말투를 배웠어. 그래서 엄마가 더 잘해야지 하는데 그게 잘 안 돼."

그땐 그 마음을 제대로 알 수 없었지만, 내 말버릇을 고대로 따라 하는 아이들을 보니 이제는 이해가 된다. 육아에, 집안일에, 바깥일에 지친 어느 날이면 내 기분이나 컨디션이 그대로 아이들과 남편에게 향한다. 나도 상냥한 엄마이자 상냥한 아내, 누구에게나 나긋나긋한 말투를 가진 사람이 되고 싶은데… 내가 내뱉은 말투가 다시 나에게 되돌아올 것을 알면서도, 지금 순간 힘듦을 참지 못하고 그대로 표현되는 것이 너무나도 안타깝다.

큰아이가 초등학교 2학년(2023년)이 되었다. 그동안 코로나로 하지 못했던 많은 행사가 차례대로 진행되었다. 부모 참관 수업을 하는 날이었다. 수업이 끝나고 교육 설명회가 이어졌고, 각 반에 설치되어 있는 모니터를 통해 교장선생님의 말씀을 듣게 되었다.

"아이들은 아버지의 뒷모습을 닮고 어머니의 말투를 닮습니다."

그 말뜻에 대한 설명이 이어졌지만 더 이상 내 귀에 들리지 않았다. 말투에 관한 이야기가 재차 가슴에 와닿는 걸 보니, 아이들에게 비치는 나의 모습, 그 거울 속 말투를 정말 고치고 싶어졌다. 집에 와서 인터넷을 검색하고 책을 찾아봐도 그런 내용은 없었다. 그저 어른들을 통해 입에서 입으로 전해 내려오는 이야기인 듯한데 그 말이 내게는 큰 공감으로 와닿았다. 어쩌면 엄마로서 아내로서 내가 제일 변하고 싶은 부분이기에 그런 것 같다.

쉽진 않겠지만, 내가 먼저 달라지고 변화하는 모습을 보여줘야겠다. 고만고만한 아이 셋을 키우다 보니 그저 시끄러운 소리가 듣기 싫어서 일관성 없이 아이를 혼내거나 달랬다. 상황을 모면하려는 마음이 컸고, 나의 상황이 늘 힘들게만 느껴졌다. 그래서 상황을 빠르게 종료시키려는 조급함이 말투로 드러났던 것 같다. 알면서도 고치지 못한 것이 가슴에 먹먹함으로 남아있다. 오늘도 곤히 잠든 아이들의 얼굴을 바라보며, 마음속으로 기도한다.

'엄마가 이랬던 거 기억 안 나게 해주세요….'

이제 변화하기 위해 마음먹었다. 가장 먼저 한 일은 언성을 낮추고 아이들의 이야기를 들어주는 것이었다. 지금까지는 상황을 빨리 끝내는 것이 목적이었지만, 이제는 아이를 믿고, 이야기를 제대로 듣는 것이 목적이 됐다. 그러다 보니 자연스레 아이들의 말에 귀 기울이게 됐고, 앞서있던 내 감정보다는 아이들의 마음을 더 들여다볼 수 있게 되었다. 그렇게 내 말투는 점차 부드러워지는 중이다. 덕분에 큰 소리의 말투를 따라 하던 아이들도 자연스레 배려하고 양보하는 말투를 배워가고 있다. 내가 노력하니, 그 이상의 기쁨을 주는 아이들이다.

이제 다시 시작이다. 지금보다 시간이 더 걸리고, 체력이 좀 더 필요하겠지만, "열심히 일하시는 아빠의 뒷모습, 긍정적인 힘을 주는 엄마의 말투"를 물려주기 위해 내가 더 노력해야겠다.

오늘도 나는 아이들에게 좋은 모습을 보여주기 위해 거울을 들여다본다.

[인생 명언]에 관한 당신의 이야기를 들려주세요.